HEYNE BÜCHER

SCIENCE FICTION

Herausgegeben
von Wolfgang Jeschke

GILDA MUSA

DER HÄUSLICHE DSCHUNGEL

Science Fiction-Roman

Deutsche Erstveröffentlichung

WILHELM HEYNE VERLAG
MÜNCHEN

HEYNE-BUCH Nr. 06/4098
im Wilhelm Heyne Verlag, München

Titel der italienischen Originalausgabe
GIUNGLA DOMESTICA
Deutsche Übersetzung von Hilde Linnert
Das Umschlagbild schuf Karel Thole
Die Illustrationen zeichnete Giuseppe Festino

Redaktion: Wolfgang Jeschke

Umschlaggestaltung: Atelier Ingrid Schütz, München
Printed in Germany 1984
Satz: Schaber, Wels
Druck und Bindung: Elsnerdruck GmbH, Berlin

ISBN 3-453-31058-6

1. Kapitel

Constanze blättert in einem der dicken Hefte mit schwarzem Einband. Von dem vergilbten Papier steigt ein schwacher Duft nach Gartenerde und Pflanzen auf. Die Tinte auf den karierten Seiten ist so verblaßt, daß man einige Worte kaum noch entziffern kann.

Heute nacht hat mich die Hitze geweckt. Ich bin aufgestanden, um auf der Terrasse Luft zu schöpfen.

Kein noch so leichter Lufthauch regte sich, aber ich habe mich wohler gefühlt, als ich den von den Pflanzen abgegebenen Sauerstoff eingeatmet habe. Die Linde hat ihren süßen Duft verströmt.

Ich habe zu den Sternen aufgeblickt. Der Große Bär war gut sichtbar, und zwar außergewöhnlich deutlich. Ich habe den Sternenhimmel wie immer voller Liebe betrachtet, die ewigen Sternenbilder, die mir Ruhe und gleichzeitig unerklärliche Angst einflößen.

Genau in diesem Augenblick der Selbstvergessenheit habe ich plötzlich einen sehr hellen Gegenstand erblickt, der auf dem dunklen Hintergrund aus der Richtung des Großen Bären aufgetaucht ist. Er hat mit unglaublicher Geschwindigkeit eine ungeheure Entfernung zurückgelegt und ist dann unvermittelt im rechten Winkel nach Westen abgeschwenkt. Er hat einen goldenen Streifen hinter sich hergezogen, der sich sehr rasch aufgelöst hat. Innerhalb weniger Sekunden war der Gegenstand hinter den fernen Bergen verschwunden.

Ich war durch die Erscheinung verwirrt und habe versucht,

mich an die Einzelheiten dieses unerwarteten Erlebnisses zu erinnern, es mir wieder ins Gedächtnis zu rufen. Dabei ist mir bewußt geworden, daß der Gegenstand sich mir zunächst als runde, glatte, metallische Scheibe präsentiert hat, die von einem leuchtenden Hof umgeben war. Erst als er sich entfernte, hat er diese Art leuchtenden Rauch, die goldene, phosphoreszierende Spur am Himmel hinterlassen.

Während ich den ersten Eindruck im Gedächtnis rekonstruiert habe, ist mir auch bewußt geworden, daß der unbekannte Gegenstand wie Weißgold glänzte, so daß ich ihn sofort von den silberblau schimmernden Sternen unterscheiden konnte.

Ich war aufgeregt und begeistert: Zum ersten Mal in meinem Leben hatte ich ein UFO gesehen!

Doch Constanze sucht im Tagebuch ihrer Großmutter nicht diesen Bericht; sie blättert weiter, liest:

EXPERIMENT 32:
Kreuzung von wilden und Gartenbirnen.

Nein, auch das nicht.
Sie blättert wieder weiter.

Ich habe Amadeus wiedergesehen. Er ist immer noch ein faszinierender, sensibler und …

Constanze klappt das Heft zu und greift nach einem anderen.

ERTRAGSTEIGERUNG DER KNOLLEN.
Chemische Wirkung von Stärke in zwanzigprozentiger Säurelösung.

Großmutter Adriana war eine echte Wissenschaftlerin gewesen. Schon im Alter von dreißig Jahren war sie Professorin für experimentelle Botanik an der Hochschule für Bodenkultur. Sie interessierte sich auch in ihrem Privatleben für Botanik und arbeitete entweder in dem Gewächshaus, das sie in ihrem Haus eingerichtet hatte, oder auf der großen gedeckten Terrasse, oder im Garten. Die Experimente waren ihre einzige Leidenschaft: ein Zeitvertreib, der ihre Arbeit abrundete. In ihrem Tagesablauf gab es keine Trennung und keinen Widerspruch zwischen Arbeit und Freizeit, denn sie beschäftigte sich ununterbrochen mit Veredelungen, Verpflanzungen, Samen, Berieselungsanlagen, Setzhölzern, Säckchen mit Erde, chemischen Produkten, Galvanometern, Elektroden, Nährflüssigkeiten.

Ihre Enkelin Constanze hat die Leidenschaft für die Botanik von ihr geerbt, ist ebenfalls wissenschaftlich tätig und arbeitet zur Zeit am Institut des Botanischen Gartens.

Aber die Großmutter hatte auch etwas von einem Visionär an sich, behauptet Constanze jetzt. Neben anderen, vollkommen normalen Manien hatte sie auch eine ziemlich ungewöhnliche: sie sah fliegende Unterassen. Während sie, Constanze, noch nie eine gesehen hat, weil sie ein modernes, vernünftiges, realistisch denkendes Mädchen ist.

Sie blättert in einem anderen Heft, liest ab und zu ein paar Zeilen und findet endlich die Seite, die sie sucht:

EXPERIMENT Nummer 73:
Eine neue Hypernährlösung für Hydrokulturen.

Constanze befolgt die genauen Anweisungen ihrer Großmutter buchstabengetreu, mißt die Ingredienzien ab

und vermischt sie. Sie erhält eine Lösung, der sie dann eine bestimmte Menge destilliertes Wasser zusetzt. Sie schüttelt die Flasche mit dem Tropfenzähler rhythmisch, damit sich die Chemikalien vermischen. Schließlich hält sie die Flasche mit der Öffnung nach unten über einen großen Hydrobehälter.

Die Flüssigkeit dringt durch die Öffnung im Stöpsel und tropft in das Gefäß. Die schweren, grünlichen Tropfen fallen in regelmäßigen Abständen und klatschen weich auf; im Wasser dehnen sie sich aus, lösen sich auf, zerfließen wolkig.

»Elf, zwölf«, zählt Constanze. »Dreizehn.«

Das Telefon schrillt beim dreizehnten Tropfen.

Constanze stellt die Flasche auf den Rand des Behälters, verläßt das Gewächshaus und geht durch das große Rechteck des Wohnzimmers in die gegenüberliegende Ecke.

Sie hebt ab. »Ja?« – reibt dabei die Handfläche an der Hose trocken – »Hier Pagani« – und schreibt eine große Dreizehn als Gedächtnisstütze auf den Notizblock.

Am anderen Ende meldet sich Lia: Constanze soll sie besuchen. Sie hat eigenhändig eine Torte gebacken und möchte, daß Constanze sie versucht.

»Danke, Lia. Aber es geht leider nicht, ich habe im Augenblick zuviel Arbeit.«

»Arbeitest du denn auch am Sonntag?«

»Ich beschäftige mich mit dem Gewächshaus. Ich habe vier Pflanzen zurückgeschnitten und umgesetzt. Jetzt bin ich bei der Hydrokultur.«

»Hast du noch lange zu tun?«

»Mindestens zwei Stunden.«

Constanze kritzelt auf dem Notizblock: Kreise, stilisierte Blätter, ineinander verschlungene Dreiecke, wie die rautenförmigen Maschen eines Drahtnetzes.

»Wer ist außer dir im Haus?« will Lia wissen.

»Nur Ennio. Aber er ist in seinem Zimmer.«

»Und ... wie steht es?« Lia zögert. »Habt ihr wieder gestritten?«

»Heute nicht. Ich bin sehr zeitig aufgestanden. Attilio ist erst zu Mittag aufgetaucht und dann wortlos fortgegangen.«

Constanze weiß schon, was Lia jetzt fragen wird: wie man unter den Bedingungen, die sie sich eingebrockt hat, leben kann, wie man die Situation bereinigen könnte, und ob sie nicht glaubt, daß sie das Risiko eingeht, einen Nervenzusammenbruch zu erleiden.

»Ich weiß genau, daß ich einen Fehler gemacht habe«, kommt Constanze deshalb Lia zuvor. »Aber halte mir bitte keine Predigt. Macht es dir etwas aus, wenn wir das Thema wechseln?«

»Entschuldige.« Lia gibt nach. »Hast du schon gegessen?«

»Ja, mach dir deswegen keine Sorgen.«

»Und was hat Ennio getan?«

»Er ist um elf fortgegangen und nach einer Stunde wieder nach Hause gekommen.«

»Die übliche Runde. Aber wie fühlst du dich dabei, Constanze?«

»Wenn ich im Gewächshaus arbeite, vergesse ich alles andere.«

»Schön. Dann ist ja alles in Ordnung. Wenn du nichts brauchst, machen wir jetzt Schluß. Du weißt ja, daß du mich jederzeit anrufen kannst.«

»Natürlich. Danke, Lia. Wiedersehen.«

Der große Spiegel an der Wand hinter dem Telefon wirft ihr Gesicht zurück: es ist blaß, klein und oval. Mit der Hand wischt das Mädchen einen Schmierer aus Erdkrume weg, die wie ein Beistrich ihre linke Wange ziert.

Dann dreht sie den Kopf, um auch die andere Wange zu inspizieren: sie ist sauber. Das rote Band, das die Haare über der Stirn zusammenhält, hat sich gelockert: Constanze macht den Knoten auf und bindet ihn fester. Sie fährt mit den Fingern durch die Locken im Nacken und steckt sie unter das Band.

All das macht sie automatisch, während sie an etwas anderes denkt, als wäre ihr gar nicht bewußt, daß sie dabei in den Spiegel blickt. Dann rollt sie den Kragen des Pullovers hinunter und schiebt die wertvolle Goldkette zurecht.

Die antike Pendeluhr schlägt dröhnend und ruft sie in die Wirklichkeit zurück. Sie sieht auf die Uhr: es ist fünf. Sie muß sich beeilen.

Sie kehrt in das Treibhaus zurück und greift nach der Flasche.

»Ich war bei dreizehn. Machen wir also weiter, beschäftigen wir uns mit ernsteren, wichtigeren Angelegenheiten.«

Auch Großmutter Adriana vergaß Ärger und Groll, wenn sie mit ihren Pflanzen arbeitete. Das Treibhaus verschaffte ihr Befriedigung und war ihr ganzer Stolz. Die Großmutter konnte okulieren, kreuzen, Ableger züchten, umsetzen. Sie hielt alles, was sie tat, schriftlich fest, beschrieb jedes Experiment unter Angabe von Tag, Monat und Jahr. Manchmal fügte sie sogar die Zeit, die Mondphase und die Wetterlage hinzu. Sie berichtete über die Ergebnisse und verglich sie mit denen der vergangenen Jahre.

Constanze zieht oft die Hefte zu Rat, die Tagebücher, die unbekümmert über wichtige wissenschaftliche Versuche und gleich danach über die kleinen oder großen Ereignisse im Leben der Großmutter berichten. Die ältesten sind vierzig Jahre alt: die mit Zahlen, Abkürzungen,

Formeln, Beschreibungen und Skizzen bedeckten Seiten rollen sich an den unteren Ecken auf, weil sie durch das ständige Blättern abgenützt werden.

Die letzten Hefte sind zwei Jahre alt: damals ist die Großmutter gestorben. Am vierzehnten April, dem Tag, an dem sie vollkommen unerwartet aus dem Leben schied, hatte sie ein Experiment mit einer Iris begonnen, die sie auf die gedeckte Terrasse gestellt hatte. Es existieren nur die ersten Aufzeichnungen darüber: allgemeiner Zustand der Pflanze, Alter, Größe und Form des Wurzelstocks, Aufzählung der Wurzeltriebe. Auf der nächsten Seite folgt der Ansatz des Experiments, das über eine Zeit von ungefähr zwei Jahren gehen sollte.

Sie war schon eine außergewöhnliche Frau, Großmutter Adriana, ein Phänomen auf dem Gebiet der Botanik.

Sie war achtundsechzig Jahre alt – man hielt sie allgemein für fünfzig, so lebhaft und aktiv war sie – als ihr Herz sie plötzlich im Stich ließ.

Constanze ist mit den Pflanzen in der Hydrokultur fertig. Jetzt öffnet sie die lange Truhe an der Glaswand, die die kleinen Geräte enthält. Auf den Gestellen befinden sich Flaschen, Gläser, Gefäße, Säckchen, Fläschchen, Röhrchen, Phiolen, Schalen, elektrische Apparaturen.

Sie schüttet zwei Kilo Gartenerde B in einen eisernen Eimer, fügt einen Meßbecher rosa Körnchen, zwei Meßbecher rotbraunes und einen Meßbecher schwefelgelbes Pulver hinzu. Sie vermischt das Ganze mit einer Holzspachtel, dann gießt sie einen halben Deziliter destilliertes Wasser dazu, das sie einem Fäßchen entnimmt, und schließlich eine Phiole Phosphate. Es entsteht ein weiches Gemisch.

An dem Rand des großen Bambusbehälters bohrt sie mit dem Setzholz Löcher in den Boden und füllt mit einer Maurerkelle in jedes fünfzig Gramm der Mischung. Dann schiebt sie Erde in die Löcher und streicht sie mit der Spachtel glatt.

Sie macht eine Notiz über den Vorgang und geht zu anderen Pflanzen über.

Als sie fertig ist, stellt sie die Stehleiter neben den riesigen Ficus elastica*, steigt hinauf und beginnt mit seiner langwierigen Reinigung.

Mit einer Hand stützt sie das Blatt; mit der anderen wischt sie mit einem Wattebausch darüber, der mit Wasser getränkt ist, dem sie ein vitaminhaltiges Glanzmittel beigefügt hat.

Ihre gleichmäßigen Bewegungen verraten Verständnis, Erfahrung, Geduld; und wenn sie leicht über die Blätter fährt, gleicht es mehr einer Liebkosung als einer Reinigung. Zwischen ihr und den Pflanzen scheint eine Beziehung, ein wortloses Einverständnis zu herrschen, manchmal murmelt sie kurze Sätze, die beinahe ein Dialog sind.

»Du bist fertig. Zufrieden?«

»Schön, glänzend, kräftig. Warum gibst du so an? Das ist nicht dein Verdienst.«

»Du hast wie ein hungriger Löwe gegessen und getrunken.«

»Schling nicht so! Es gehört sich nicht.«

»Nächsten Monat müssen wir dir eine andere Diät verabreichen.«

»Möchtest du lieber einen helleren Standort? Einverstanden.«

»Was führst du denn wieder auf?«

Eine eigenartige, geheimnisvolle Beziehung zwischen Mensch und Pflanzen: Constanze verwirklicht sie durch die sorgfältige Pflege; und die Pflanzen scheinen sie be-

---

* Gummifeigenbaum

wußt zu akzeptieren und sie durch Gesundheit, Schönheit, kräftigen Wuchs zu belohnen. Sie strotzen vor Ablegern, ihre Zweige sind außergewöhnlich kräftig, sie entwickeln die unglaublichsten Formen.

Constanze schaltet den Zerstäuber ein, überprüft den Feuchtigkeitsmesser und das Thermometer. Schließlich stellt sie den Thermostaten ein.

Aus dem Zerstäuber steigt Wassernebel auf: der Arm bewegt sich langsam von oben nach unten, von links nach rechts. Sobald Feuchtigkeit und Wärme die vorgeschriebenen Werte erreicht haben, wird sich der Mechanismus selbsttätig abschalten und in dem Augenblick wieder die Arbeit aufnehmen, in dem die Werte absinken.

Eine großartige Apparatur, das neueste Modell, das noch die Großmutter gekauft hat.

Constanze bleibt in der Tür stehen und überblickt ihr Reich: das Gewächshaus wird nur von den Lampen im Wohnzimmer erhellt und verliert sich nach oben hin in beinahe vollkommener Finsternis; unten herrscht ein Halbdunkel, in dem das Licht wechselnde, sich ständig verändernde Reflexe auf die gereinigten, glänzenden Blätter wirft.

»Ich habe euch Diamanten auf die Blätter gestreut. Seid ihr zufrieden?«

Die Pendeluhr erwacht zum Leben und schlägt sieben Mal.

Mein Glashausdschungel ist heute abend wirklich schön, sagt sie sich zufrieden. Jetzt muß sie noch das Werkzeug wegräumen und Ordnung machen.

Das Heft, dem sie das Experiment entnommen hat, liegt noch immer aufgeschlagen auf der Truhe. Bevor Constanze es wegräumt, blättert sie noch einmal darin und sucht weitere Hinweise. Sie erinnert sich, daß sie irgendwo etwas über die Steigerung des Wurzelwachstums gelesen hat, und überfliegt die alten Seiten.

Amadeus hat mir vorgeschlagen, ihn zu heiraten. Wir waren im Glashaus, als er meine Hand ergriff und sagte: »Adriana, ich möchte, daß du dich so um mich kümmerst wie um deine Pflanzen. Deine innige Liebe zu pflanzlichen Wesen läßt mich hoffen, daß du auch mich lieben könntest, auch wenn ich nur ein ungehobelter, unvollkommener Mensch bin.« Das war sein Heiratsantrag.

Ich mag Amadeus sehr, gerade weil er so viele Fehler hat, aber er ist treu und aufrichtig. Ich habe jedoch nicht die Absicht, noch einmal zu heiraten. Ich muß mich ganz der kleinen Constanze widmen, dem armen Kind, das seine Eltern verloren hat. Ich kann nicht zugleich für sie und einen Ehemann da sein. Außerdem nimmt mich meine Arbeit so sehr in Anspruch, füllt mein Leben so sehr aus, daß ich keinen Ehemann brauche ...

Worte, die vor zwei Jahrzehnten niedergeschrieben wurden. Damals war Constanze fünf Jahre alt. Ihre Eltern waren tot, mit einer Passagiermaschine in den Atlantik gestürzt, die sie aus Kanada nach Europa zurückbringen sollte. Während dieser Reise war sie bei Großmutter Adriana untergebracht worden, und danach blieb sie dort. Die Großmutter war siebenundvierzig. Amadeus, der sie liebte, war ihr Freund geblieben: es genügte ihm, daß er sie besuchen, gelegentlich mit ihr zu Abend essen durfte. Er hatte nie geheiratet. Und nach Adrianas Tod war er Constanzes Freund geworden.

Heute früh gegen sechs Uhr habe ich mich im Garten befunden und Blätter zusammengerecht. Plötzlich habe ich Musik gehört. Ich habe zuerst geglaubt, daß ich mich getäuscht hatte, weil ich einen Augenblick später nichts mehr vernahm. Dennoch habe ich aufgehört zu rechen und gelauscht.

In der Stille des Morgens haben mich wieder seltsame, hohe, zarte Töne erreicht. Ich hatte den Eindruck, daß sie von oben, von Osten kamen. Ich bin zur Gartentür gelaufen, und über das Stück Himmel, das ich zwischen Garten und Hügeln sehen konnte, ist etwas hinweggehuscht, das wie eine Kugel aussah, die helles Licht ausstrahlte. Ich habe wieder deutlich die Musik gehört. Sie ähnelte überhaupt nicht den Melodien, an die wir Erdenmenschen gewöhnt sind. Es war ein Gemisch aus vielen einander überlagernden, verflochtenen, vibrierenden Tönen, die in Wellen zu mir drangen.

Die Kugel war bereits verschwunden, aber diese Musik ist noch eine Zeitlang erklungen, und ich hatte den Eindruck, daß sie im Tal hinter dem Haus widerhallte.

Vielleicht war es nicht genau eine Kugel. Es handelte sich wahrscheinlich um eine Scheibe: aber das könnte ich nicht beschwören. Fest steht, daß ein unerklärliches goldenes Licht von ihr ausstrahlte. Ich nehme an, daß es sich um ein UFO gehandelt hat. Es ähnelte sehr dem Objekt, das ich früher gesehen hatte. Vielleicht war es auch das gleiche. Das erste war aber nicht von dem akustischen Phänomen begleitet. Oder habe ich es nicht gehört?

Ich war sehr aufgeregt, empfand aber überhaupt keine Angst.

Jahrelang hatte die Großmutter behauptet, daß sie fliegende Untertassen gesichtet habe. Merkwürdig war jedoch, daß sie die einzige in dem Gebiet war, die diese Beobachtung machte. Und wenn Constanze sie neckte und andeutete, daß Großmutter Adriana Halluzinationen habe, wurde diese rot vor Zorn und beteuerte, daß sie weder verrückt sei noch an Visionen leide.

»Warte nur, bis du selbst eine siehst, dann wirst du schon daran glauben.«

»Aber ich sehe keine.«

»Irgendwann kommt es sicherlich dazu. Ich hoffe es jedenfalls. Es ärgert mich wirklich, daß du mich für eine kindische alte Frau hältst.«

»Ich habe nicht behauptet, daß du kindisch bist.«

»Du hast es nicht gesagt, aber gedacht.«

»Das ist nicht wahr, Großmutter. Nur ...«

Aber die Großmutter unterbrach sie: »Kindisch. Das ist deine Meinung von mir.«

Constanze wies vorsichtig darauf hin, daß es sich um Autosuggestion handeln könne. Die Großmutter ereiferte sich.

»Also hör mal! Warum sollte ich Halluzinationen haben? Ich bin gesund, noch nicht verkalkt, arbeite und habe in jeder anderen Beziehung ganz normale Ansichten. Warum sollte ich ausgerechnet bei den UFOs unter Halluzinationen leiden?«

»Weil du hoffst, daß du sie siehst, weil du es dir wünschst. Daher siehst du sie dann wirklich.«

Großmutter Adriana wandte ihr beleidigt den Rücken zu und schwieg für einige Minuten. Und dann beschloß sie jedes Mal die Diskussion mit der Feststellung: »Ich kann nur wiederholen, daß ich sie gesehen habe!«

Jetzt schlägt Constanze das Heft zu und streichelt den schwarzen, glänzenden Einband. Sie ist müde. Sie wird morgen oder übermorgen weitersuchen.

2. Kapitel

Ennio kommt aus seinem Zimmer, überquert die gedeckte Terrasse und stößt die Tür zum Gewächshaus auf. Die durchscheinenden Glasflächen der Tür spiegeln seine hohe Gestalt wider und verzerren sie; er ist ein junger, kräftiger Mann.

»Ist Attilio noch immer nicht zurück?«

Constanze sieht ihn von der Seite an: Ennio ist ungekämmt, seine Wangen sind mit Bartstoppeln bedeckt. Er trägt einen grauen Rollkragenpullover voller Ölfarbenflecke. Als sie antwortet, versucht sie, möglichst beiläufig zu sprechen: »Wie du siehst, ist er nicht da.«

»Er läßt sich Zeit, und ich habe Hunger.«

»Schließ die Tür, sonst kommt kalte Luft herein!«

Ennio zieht die Tür zu und läßt die Klinke los. Dann geht er zum Bogengang hinüber; seine Pantoffeln schlurfen über das Linoleum.

»Was hast du für Vorräte im Kühlschrank?« fragte er gespielt gleichgültig.

Constanze läuft beunruhigt in die Küche. »Für dich nichts.«

»Wirklich? Ich sehe lieber selbst nach.« Ennio folgt ihr.

Aber Constanze hat sich schon vor den Kühlschrank gestellt, als der Junge die Küche betritt.

»Ich habe dir tausend Mal gesagt, daß ich euch nichts mehr zum Essen gebe. Ich habe euch lange genug durchgefüttert. Ihr wohnt schon viel zu lange in meinem Haus, ohne daß es euch einen Pfennig kostet.«

Constanze sieht ihn mit hoch erhobenem Kopf an. Mit den Händen hält sie sich mit aller Kraft an den Kanten des Kühlschranks fest; sie befindet sich jedoch im Nachteil, weil sie die Arme nach hinten strecken muß, um Ennio ansehen und seine Bewegungen beobachten zu können.

»Glaubst du wirklich, daß du mir Angst machen kannst?«

Ennio schleudert sie mit einem Stoß zum Fenster. Dann öffnet er seelenruhig den Kühlschrank.

Constanze ist mit einem Sprung wieder bei ihm und stößt die Tür zu. Aber Ennio hat ein Knie gegen die Innenwand des Schranks gestemmt und leistet Widerstand. Zwischendurch grapscht er sich das halbe gebratene Huhn: mit der bloßen Hand, ohne den Teller zu beachten.

Constanze protestiert: »Leg es wieder hinein, und zwar sofort!«

Beide drehen sich um. Von der Eingangstür kommt das Geräusch eines Schlüssels, der im Schloß gedreht wird.

»Das ist Attilio«, stellt Constanze fest. »Jetzt kannst du in die Trattoria gehen.« Und fügt entschlossen hinzu: »Deine Schicht ist zu Ende.«

Ennio hält das Huhn fest. »Die Schwierigkeit ist nur, daß ich vollkommen blank bin.«

Attilio steht in der Küchentür und beobachtet wortlos die Szene; er hat die Schirmmütze tief in die Stirn gezogen.

Ennio wendet sich erbittert an ihn: »Sie will mir nichts zu essen geben, also habe ich es mir genommen.«

Attilio kommt langsam, mit leichten Schritten näher. Sein kräftiger Körper scheint gewichtslos zu sein. Er beobachtet Constanze, während er mit eiskalter Höflichkeit erklärt:

»Mach keine Dummheiten, laß ihm das Huhn!«

»Es ist mein Abendessen für heute und morgen. Außerdem lasse ich mir weder von dir noch von ihm Befehle erteilen.«

Attilio lachte höhnisch und ahmt Constanzes Stimme und Tonfall nach: *»Es ist mein Abendessen für heute und morgen.* Natürlich ist es dein Abendessen. Nur haben wir leider auch Hunger.«

Er streckt die Hände aus, packt Constanzes Arm und dreht ihn ihr auf den Rücken: ohne Zorn, ganz ruhig. Normale Gewaltanwendung. Constanzes Arm gibt unter Attilios Druck nach.

»Jetzt gibst du es uns, nicht wahr?«

Constanze schreit auf vor Schmerz. Sie brüllt, daß sie sie in Ruhe lassen, daß sie sich das Huhn nehmen und daran ersticken sollen. Als Attilio ihren Arm losläßt, preßt sie die Augen zusammen, um die Tränen zurückzuhalten: ihre Gelenke schmerzen, sie fühlt sich gedemütigt, sie ist verzweifelt, weil sie sich der körperlichen Gewalt nicht widersetzen kann.

»Jetzt bist du vernünftig«, bemerkt Attilio. Er setzt sich an den Küchentisch. »Sehr schön. Wie du siehst, kann man im Guten alles erreichen.«

Constanze reibt sich den Arm, massiert sich Ellbogen und Handgelenk. »Verdammte Schweinehunde. Geht zum Teufel!«

»Zuerst essen wir«, antwortet Attilio.

Constanze wischt sich die Augen mit dem Ärmel ab. Sie keucht noch, ist außer sich, kehrt aber zu ihrem Arbeitstisch zurück. Die Hefte mit den Notizen liegen überall herum. Sie schließt sie eilig, mit nervösen Bewegungen, ordnet sie, legt sie in die Schublade. Der rechte Arm schmerzt ihr immer noch. Ein hartnäckiges Kribbeln setzt sich durch die Hand bis in die Fingerspitzen fort.

»Und dann wollen wir über ein anderes Thema sprechen«, verkündet Attilio aus der Küche. Man versteht ihn schlecht, weil er mit vollem Mund redet.

Constanze antwortet nicht.

»Ist das Fräulein taub geworden?«

»Ich habe euch nichts zu sagen. Nur eines: verschwindet von hier, alle beide!«

»Das hast du schon gesagt, Süße. Das letzte Mal gestern abend, wenn ich mich nicht irre«, höhnt Attilio sarkastisch, während er an einem Hühnerknochen nagt.

Constanze möchte antworten, protestieren, schimpfen. Dann zwingt sie sich zur Ruhe, unterdrückt die Empörung. Der Adrenalinspiegel in ihrem Blut sinkt wieder, jetzt ist sie nur noch von dumpfer Wut erfüllt.

Sie geht durch den Bogengang in das Gewächshaus zurück, schaltet die Lampen ein und macht sich daran, die zusammengerechten Blätter in einer Ecke zu einem Haufen aufzutürmen. Die Arbeit löst ihre innere Spannung. Mit einem Scheuerlappen wischt sie schließlich das Linoleum auf.

Der Wassernebel aus dem Rohr wandert mit einer Wellenbewegung hinauf und hinunter, nach rechts und nach links. Plötzlich springt der Schalter auf »Stop«, und der Mechanismus bleibt stehen. Temperatur und Feuchtigkeit haben die richtigen Werte erreicht. Die Pflanzen stehen unbeweglich, glänzend, gesättigt um sie herum. Einige lange Zweige berühren die Blätter anderer Pflanzen, als wollten sie sich mit ihnen vereinen, als wollten sie einander Energie schenken und sie empfangen.

Constanzes Aufmerksamkeit wendet sich voll diesen pflanzlichen Wesen zu, und langsam entlädt sich die Spannung, die sich infolge der Angst, der Wut und der Hilflosigkeit in ihren Nervenfasern angesammelt hat. Das Mädchen sucht in all dem Grün eine Stütze für seinen einsamen Kampf gegen die beiden Männer, als würde es Hilfe erwarten, doch es erreicht nur, daß die Schönheit der Natur es von seinem Kummer ablenkt.

Sie ist so in ihre Betrachtungen versunken und so bemüht, ihr seelisches Gleichgewicht wiederzufinden, daß sie nicht bemerkt, daß Attilio das Gewächshaus betreten hat und hinter ihr steht. Sie zuckt zusammen, als der junge Mann sie am Arm packt.

»Hörst du mir jetzt zu?«

Constanze dreht sich um und versucht sich loszureißen. »Rühr mich nicht an!«

»Machen wir es kurz. Du weißt ja, was ich brauche, nicht wahr?«

»Ich habe nichts mehr.«

»Erzähl mir doch keine Märchen! Ich glaube dir nämlich nicht. Wo hast du es versteckt?«

»Ich habe gerade noch so viel, daß ich bis zum Monatsende durchkomme.« Constanze versucht immer noch, sich von dem Griff zu befreien, doch vergeblich, Attilio hält sie brutal wie in einem Schraubstock fest. »Laß mich endlich los!«

Auch Ennio ist in das Treibhaus gekommen. Das Mädchen hat das Gefühl, den beiden Männern ausgeliefert zu sein. Sie nimmt ihren ganzen Mut zusammen und spricht leise; sie will nicht schreien, um ihnen nicht zu zeigen, daß sie Angst hat.

»Wenn ihr nicht aufhört, hole ich die Polizei.«

»Eine ausgezeichnete Idee«, stimmt Attilio zu. »Was glaubst du, wie wir dein Gesicht zurichten, bis sie kommen? Außerdem wollen wir doch mal sehen, ob du auch nur in die Nähe des Telefons gelangst.«

Jetzt hat Constanze wirklich Angst. Es gelingt ihr, Attilios Hand abzuschütteln. Sie sieht ihm scharf in die Augen.

»Ich kann ja morgen die Polizei aufsuchen, wenn ich zur Arbeit gehe.«

»Aber, aber, Kleine, was sind das für abenteuerliche Vorstellungen? Du kommst ja nicht einmal bis zum Polizeirevier, weil einer von uns dir schon vorher den Kopf zurechtsetzt. Versuch das nicht zu vergessen!«

»Das ist schließlich mein Haus.«

»Immer mit der Ruhe! Dieser schöne Schlupfwinkel gefällt uns, und wir werden so lange hierbleiben, wie wir wollen. Warum willst du uns auf die Straße setzen?«

»Nehmt eure Staffeleien, eure verdammten Farbkasten und verschwindet.«

Attilio versetzt dem Mädchen eine heftige Ohrfeige, so daß es zur Seite taumelt.

»Dreckskerl!« brüllt sie.

»Und jetzt her mit dem Zaster!«

»Arbeite, dann wirst du auch Geld verdienen, wie alle anderen.«

Attilios Lächeln drückt seine Trauer darüber aus, daß die Welt so verständnislos ist. »Constanze, Süße, du weißt genau, daß kein Mensch meine Bilder kauft.«

»Dann such dir eine Arbeit, von der du leben kannst.«

»Vor einem Jahr, als du mich aufgenommen hast, hast du versprochen, mir zu helfen. Warum hast du es dir jetzt überlegt?«

»Jetzt kann ich es nicht mehr.«

»Warum sagst du nicht die Wahrheit? Warum gibst du nicht zu, daß du keine Lust mehr hast? Leider brauche ich das Geld noch immer genauso dringend wie vor einem Jahr.«

»Ich habe keines mehr, kapierst du das nicht?« Constanze beherrscht sich jetzt nicht mehr und versucht es auch nicht. Die Muskelstränge an ihrem Hals treten hervor, ihr Gesicht ist verzerrt, sie hat die Hände zu Fäusten geballt. »Ich habe kein Geld mehr. Es hat keinen Sinn, daß du immer noch den armen, unverstandenen, verfolgten Jungen spielst. Du bist eine Niete, sonst nichts! Und dein teurer Freund ist ein Wurm, ein Sklave, ein Speichellecker, der dir die Schuhe putzt. Ihr seid zwei Halunken!«

Attilio wendet langsam den Kopf und sieht seinen Freund Ennio unter gesenkten Lidern hervor an. Die beiden Jungen verstehen einander wortlos. Sie packen gleichzeitig das Mädchen und halten es fest.

»Also«, zischt Attilio, »gibst du es freiwillig her oder sollen wir dich dazu zwingen?«

Constanze windet sich und versucht vergeblich, sich loszureißen. Statt dessen tritt sie mit den Füßen gegen Ennios Schienbein und seine Leisten. Ennio brüllt vor Schmerz auf und läßt sie einen Augenblick lang los. Constanze benützt die Gelegenheit, um Attilio den Hals zu zerkratzen.

Aber die beiden Männer sind jetzt auch wütend. Attilio schlägt sie immer wieder ins Gesicht und tobt: »Verdammte dreckige Hure!« Inzwischen hat Ennio sie mit beiden Händen am Hals gepackt und seine Finger drükken auf die Halsschlagader; er hat Angst, daß sie ihnen doch noch entkommt.

Das Mädchen ist gefangen, kann sich kaum noch bewegen, während Attilio immer unbeherrschter auf sie einschlägt. Er drischt ihr blindlings ins Gesicht, auf die Schultern, auf die Brust. Blut strömt ihr aus der Nase. Ennio hält Constanzes Hals gepackt; er ist entschlossen, sie um jeden Preis festzuhalten. Ohne es zu merken, drücken seine Finger immer stärker zu, unterbrechen den Blutkreislauf, zerreißen ein dünnes Gefäß.

Constanzes Körper gleitet leblos zu Boden. Ennio lokkert seinen Griff zu spät. Die Beine des Mädchens knikken ein, ihre Arme hängen schlaff herab, der Kopf baumelt hin und her, und sie landet auf dem Linoleum. Dort bleibt sie regungslos liegen.

Der kurze Kampf ist zu Ende. Das Geschrei, das Weinen sind verstummt, ebenso das Geräusch der Schläge. Niemand schimpft und flucht. Das Glashaus umschließt den kleinen Körper in seinem Mittelpunkt.

Die Ungeheuerlichkeit der Situation läßt die beiden Männer erstarren. Sie wissen nicht, was sie tun sollen, können keinen Entschluß fassen, begnügen sich damit, das Mädchen zu ihren Füßen zu betrachten.

In der Stille, die plötzlich im Haus herrscht, tropfen die Minuten langsam dahin. Ennio reißt sich schließlich zusammen, überwindet den Wunsch, davonzulaufen, diesen Ort zu verlassen, der plötzlich ein ganz anderes Gesicht bekommen hat.

»Wir haben sie umgebracht«, stellt er mir rauher Stimme fest. Er räuspert sich und wiederholt mühsam: »Umgebracht!«

Attilio hat sich schneller in der Gewalt. Er richtet sich auf und zuckt die Achseln. »Eigentlich hast du sie ja umgebracht. Du hast sie am Hals gepackt. Ich habe mich damit begnügt, sie zu verprügeln.«

Ennio reagiert: der Selbsterhaltungstrieb gibt ihm einen Gedanken ein. »Verprügelt? Sieh dir doch an, was du aus ihr gemacht hast.« Er wiederholt: »Komm schon, sieh sie dir doch an!« vermeidet aber selbst, auf den Leichnam hinunterzublicken.

Attilio verteidigt sich. »Wenn du sie nicht so fest gepackt hättest, wäre nichts passiert. Ist dir das nicht klar? Ich wollte ihr eine Lehre erteilen, die sie nicht so schnell vergißt. Du hast mir einfach dazwischengefunkt.«

Sie sehen einander mißtrauisch an, beobachten einander, versuchen jeder, die Gedanken des anderen zu lesen. Das Schweigen hält lange an; keiner will zugeben, daß er allmählich in Panik gerät.

Ennio seufzt. »Jetzt fangen die Schwierigkeiten erst richtig an.«

Attilio übernimmt die Rolle des abgebrühten Killers, die er oft genug im Kino gesehen hat. »Beruhige dich! Wer sagt, daß sie tot ist? Vielleicht ist sie nur ohnmächtig.«

Die bleichen Hände des Mädchens heben sich deutlich vom blauen Pullover ab: der Kontrast ist nicht zu übersehen. Der Mund ist aufgerissen, als würde sie noch immer nach Luft schnappen oder um Hilfe rufen, ohne einen Ton herauszubringen. Das Blut tropft aus der Nase, fließt über die Wange auf den Boden: die rote Farbe wirkt zu grell, um glaubwürdig zu sein. Constanzes rechte Augenbraue wird von einer dunklen Linie unterbrochen: sie sieht wie ein Schnitt aus. Das Gesicht ist verschwollen, wächsern. Die halb geöffneten Augen sind stumpf.

»Was hast du denn in der Hand gehabt? Ein Messer?«

»Keine Spur. Ich hatte nichts in der Hand. Ich hatte ja nicht die Absicht, sie umzubringen.«

Attilio sieht seine Finger an: der große Onyx auf dem Ring, den er am Ringfinger trägt, ist blutverschmiert. Instinktiv reibt er ihn an der Hose sauber.

Ennio hat sich inzwischen über das Mädchen gebeugt und fühlt ihm den Puls. »Ich spüre nichts«, erklärt er. Dann schluckt er krampfhaft.

Attilio kniet nieder und legt das Ohr in der Höhe des Herzens an Constanzes Brust. Er lauscht unbeweglich. Dann steht er auf. Er spricht kein Wort, und Ennio möchte fragen, möchte sich vergewissern. Es vergehen viele Sekunden, Attilio bewegt nervös die Lippen, beißt sich in die innere Mundhaut und fährt sich schließlich mit der Hand über die verschwitzte Stirn. Er macht den

Mund auf, als wolle er sprechen, dann schließt er ihn wieder.

»Und?« fragt Ennio.

»Idiot. Sie ist tot! Was sollte sie sonst sein?«

»Wir müssen etwas unternehmen.«

»Das weiß ich auch. Wir können sie natürlich nicht hier lassen, sondern müssen sie fortbringen. Aber wohin? Komm schon, denk auch einmal nach!«

»Du hast recht. Wir sind beide dafür verantwortlich, also müssen wir auch beide nachdenken.«

»Nein, Ennio, ich bin anderer Meinung. Du hast sie erwürgt.«

»Aber du hast zugeschlagen. Ich habe sie nur festgehalten, weil sie um sich trat und sich losreißen wollte.«

»Du bist doch groß und stark. Hast du ein so kleines Mädchen nicht festhalten können?«

»Du bist größer und stärker als ich.«

»Ennio, bitte, verzapfe doch keinen Blödsinn! Es spielt keine Rolle, wie groß und stark ich bin, denn es ist Tatsache, daß du sie erwürgt hast.«

Ennio, der langsamer reagiert, muß sich jedes Wort überlegen. »Du kannst niemandem beweisen, daß ich sie erwürgt habe, auch nicht den Polizisten. Du kannst nicht einmal beweisen, daß ich sie am Hals gepackt habe. Wir waren beide hier, nicht nur ich.« Er hebt den Kopf, als wäre ihm etwas eingefallen. »Und außerdem warst du ihr Freund, nicht ich. Es ist viel glaubhafter, daß du sie in einem Anfall von Eifersucht umgebracht hast.«

»Schluß jetzt mit dem Gerede!« unterbricht ihn Attilio. »Schluß, Schluß, Schluß!« brüllt er immer lauter. »Tu endlich was, du Vollidiot! Sieh dir doch an, in was für eine Scheißsituation wir geraten sind.«

»Du sagst es. Aber du solltest aufhören mir einzureden, daß ich sie umgebracht habe. Wenn schon, dann waren wir es alle beide. Weil du verdammter Schweinehund auf die Idee mit dem Geld gekommen bist, weil du ihr eine Abreibung verpassen wolltest, weil du sie erschrecken wolltest! Damit habe ich überhaupt nichts zu tun!«

Attilio weiß nicht, was er darauf antworten soll, und brüllt deshalb wütend: »Also gut, es war ein Unfall. Etwas Unvorhergesehenes. Jetzt komm mit!«

Sie verlassen das Treibhaus, setzen sich ins Wohnzimmer und warten auf den rettenden Einfall.

Constanzes zusammengesunkener Körper bleibt auf dem Linoleum liegen: eine Gestalt, die die harmonische Ordnung des Treibhauses stört.

Die herrlichen Pflanzen Constanzes stehen in ordentlichen Reihen um sie herum, sind blinde, stumme Zeugen. Gleichgültig setzen sie ihr vegetabilisches Leben fort, das sich so sehr von dem animalischen unterscheidet: obwohl sie Tatzeugen waren, haben sie nicht begriffen, daß Constanze, der Mensch, der sie betreute, ernährte und beschützte, vor ihnen getötet worden ist, daß sie nur nutzlose Wächter sind.

Endlich reißt sich Ennio zusammen. »Wir müssen sie fortschaffen, und zwar schnell!« Er öffnet den Mund beim Sprechen kaum.

Attilio ist mutiger, er antwortet laut. »Danke für den Rat. Kannst du mir vielleicht auch sagen, wohin?«

»Wir könnten es als Verkehrsunfall tarnen.«

»Eine wirklich originelle Idee. So wird sie sofort entdeckt, man macht eine Autopsie und stellt fest, daß sie erwürgt wurde.«

»Und wenn wir sie in den Taro werfen? In dieser Jahreszeit ist er stellenweise sehr tief. Sie kann ja auch Selbstmord begangen haben, nicht wahr?«

Attilios Ungeduld macht sich in Sarkasmus Luft. »Hörst du endlich auf, Blödsinn zu reden?«

»Dann in einen Abzugsgraben. Natürlich weit weg, vielleicht in Parma.«

»Bitte, hör schon auf! Halt einen Augenblick den Mund und laß mich überlegen!« Attilio steht auf, geht im Zimmer auf und ab und tritt wütend nach den Möbeln. »Das Problem besteht darin, daß wir sie beseitigen müssen. Ich meine damit, sie muß verschwinden, und zwar so, daß man die Todesursache nicht mehr feststellen kann.«

»Willst du sie ... zerstückeln?«

»Bring mich nicht in Wut, Ennio! Würdest du imstande sein, sie wie ein Schlächter eigenhändig zu zerteilen?«

»Du hast recht. Entschuldige. Und wenn wir sie verbrennen?«

»Aber natürlich, im Küchenherd!«

»Ich spreche nur alles aus, was mir so durch den Kopf geht.«

Attilio bleibt vor seinem Freund stehen. »Einen Augenblick, hast du verbrennen gesagt?«

»Ja, warum?«

»Na ja, wir können es nicht tun, aber jemand anderer kann es für uns besorgen.« Attilio geht zur Tür. »Komm, ich habe eine glänzende Idee. Niemand wird jemals etwas entdecken können.«

3. Kapitel

Attilio fährt nervös, gibt zuviel Gas. Die Straße führt bergab und die ständigen Kurven zwingen ihn, jeden Augenblick auf die Bremse zu steigen. Die Scheinwerfer beleuchten kurz die Begrenzungssteine und die Hecken, hinter denen es ins Tal hinuntergeht, gelegentlich über steile Wiesen, meist aber über abschüssige Felshänge. Bei jeder Kurve durchschneiden die Scheinwerferstrahlen die Finsternis, beleuchten die Leere vor ihnen oder die Berghänge auf der anderen Talseite. Das Metalldach eines Campanile blitzt einen Augenblick lang auf und verschwindet wieder in der Dunkelheit. Die rechten Räder des Wagens rollen am Rand des Asphalts entlang, bei einer schärferen Kurve geraten sie knirschend auf das Bankett, und der Kotflügel streift den Stamm einer Eiche.

Attilio fährt deswegen nicht langsamer. Er umklammert das Lenkrad, starrt vor sich hin und schweigt. Zwanzig Minuten später befinden sie sich im Tal, und die Straße verläuft endlich gerade.

»Wohin fahren wir überhaupt?« fragt Ennio.

»Du sieh nach hinten! Paß auf, ob uns ein Wagen verfolgt!«

Ennio dreht sich um und sieht durch das Rückfenster. Er kehrt aber sofort wieder in die vorherige Stellung zurück. »Ich habe keine Lust, mich umzudrehen.«

»Du bist ein Trottel. Gib acht, habe ich gesagt!«

Ennio gehorcht ohne weitere Fragen oder Einwände.

Attilio ist der klügere von ihnen. Und will, wie immer, nicht gestört werden. Ennio wäre es trotzdem lieber, wenn er nicht ständig die Gestalt im Blickfeld hätte, die sie mehr schlecht als recht auf dem Rücksitz verstaut haben.

»Hinter uns kommt eine Giulia.«

»Laß sie kommen! Wenn sie uns überholt, heißt das, daß sie sich nicht für uns interessiert.«

Der Wagen hinter ihnen holt sie ein und blinkt sie an, weil der Fahrer überholen will. Attilio zieht nach rechts, und die Giulia fährt an ihnen vorbei. Auf den Vordersitzen sitzt ein Pärchen: das Mädchen im rosa Kleid hat den Arm um den Hals des Mannes gelegt.

Ennio atmet erleichtert auf. »Ein Liebespaar.«

Die beiden in der Giulia haben den Wagen der beiden Freunde überhaupt nicht beachtet. Die Rücklichter der Giulia werden auf der Geraden rasch kleiner, dann verschwinden sie in einer Kurve.

Ennio beruhigt sich, während die Fahrt ohne Zwischenfall weitergeht, und sieht zum Rückfenster hinaus. Er versucht, Constanzes Körper nicht zu beachten, der auf dem Rücksitz liegt und bis zum Hals unter einer Decke verborgen ist. Der Kopf des Mädchens bildet einen merkwürdigen Winkel zum Körper: der Hals lehnt an der Tür und das Kinn liegt auf der Brust. Ein Arm ist vom Sitz hinuntergeglitten wie bei einer Schlafenden. Ennio kneift die Augen zusammen und zwingt sich, auf den Asphalt zu sehen.

Sie können jetzt eine gleichmäßige Geschwindigkeit beibehalten. Die Scheinwerfer beleuchten die Fahrbahn, die sanft zur Ebene abfällt.

»Und was ist mit der Kette und dem Armband?«

Ennio wartet auf eine Antwort, aber Attilio schweigt.

»Was willst du damit anfangen?«

Constanzes Halskette und ihr Armband, die vorläufig in der versperrten Tischschublade liegen, sind zwei herrliche Schmuckstücke aus geflochtenen Goldketten: sehr elegant, ausgefallen, bestimmt äußerst wertvoll.

Jetzt stellt Attilio eine Frage. »Hast du das Licht im Wohnzimmer brennen lassen?«

»Natürlich.«

»Sehr gut. Wenn jemand am Haus vorbeikommt, wird er annehmen, daß wir zu Hause sind. Eine solide Basis für ein Alibi.«

Noch eine Viertelstunde, dann heben sich seltsame Anlagen vom Rauchgrau des Himmels ab: große quadratische Gebäude wechseln mit mächtigen Zylindern ab, die wie Silos aussehen. Neben den kleinen Hügeln, die man undeutlich erkennt, stehen Fahrzeuge.

Attilio drosselt das Tempo und befiehlt Ennio, die Straße hinter ihnen zu beobachten. Er wendet ebenfalls den Kopf, um sich davon zu überzeugen, daß sich kein anderes Auto hinter ihnen befindet, dann fährt er an den Randstein und bleibt stehen.

»Warum hältst du hier?«

Es ist zwecklos zu fragen, Attilio antwortet nicht. Er steigt aus, und Ennio folgt ihm: jetzt hat er begriffen, was sein Freund vorhat, und befolgt widerspruchslos seine kurzen, präzisen Anweisungen.

Sie packen den Körper unter den Armen und den Knien und ziehen ihn aus dem Wagen. Ennio überklettert den niedrigen Stacheldrahtzaun, hebt die Arme und übernimmt vorsichtig den leblosen und darum um so schwereren Körper, den Attilio hochhebt, damit er nicht an der Einfriedung hängenbleibt. Der Körper landet in Ennios Armen. Aber das Gewicht ist erträglich.

Auch Attilio stützt sich an einem Betonpfeiler ab und springt hinüber. Sie setzen sich in Richtung auf die künstlichen Hügel in Bewegung und gehen vorsichtig, um nicht in die Löcher zu fallen oder über die Steine zu stolpern.

Attilio zeigt auf den Haufen neben den Fahrzeugen. »Wir lassen sie dort. Die sind schon durchsucht.«

»Woher weißt du das?«

»Dort stehen die Bagger. Am Morgen beginnen sie zu arbeiten.«

»Und falls es jemand noch einmal überprüft?«

»Das tun sie nicht, dieses Material ist schon geprüft. Ich weiß es, weil ich vor einigen Jahren hier gearbeitet habe. Am Nachmittag sondern sie die Abfälle aus, die am nächsten Morgen verbrannt werden.«

Sie tragen den Leichnam jetzt zu zweit, erreichen den ersten Hügel und werden von scharfen Gerüchen eingehüllt, die ihnen Übelkeit verursachen und sie benebeln. Sie legen den Körper in eine Vertiefung zwischen den Abfällen und decken ihn sorgfältig zu. Sie beeilen sich, arbeiten aber präzise. Sie greifen mit den Händen in den widerlichen Brei, tasten blind herum, weil sie nicht wagen, ein Feuerzeug anzuzünden. Aber ihre Augen haben sich inzwischen an die Dunkelheit gewöhnt, und die Arbeit geht ihnen besser von der Hand. Der Körper ist jetzt zur Gänze mit einer Schicht aus organischem Müll, Kartons, Dosen, verfaultem Gemüse, Erde bedeckt.

»Jetzt nichts wie fort.«

Die beiden jungen Männer laufen gebückt zum Stacheldraht zurück. Als sie sicher sind, daß sich auf der Straße weder Menschen noch Autos befinden, klettern sie geschickt auf die Pfeiler und springen auf den Gehsteig.

Niemand hat sie bemerkt.

Attilio startet rasch den Motor und legt den ersten Gang ein. Er fährt ein Stück über Nebenstraßen, um seine Spur zu verwischen, dann kehrt er auf die Überlandstraße zurück und macht sich auf die Heimfahrt. Er ist ganz der selbstsichere Organisator, als er sich an Ennio wendet:

»Wir müssen alles saubermachen und waschen.«

4. Kapitel

Ein Mädchen in Hosen und blauem Pullover, das in eine Decke gewickelt ist, betritt die Telefonzelle. Sie ist so in Eile, daß sie die Tür nur anlehnt. Ihre blasse, fürchterlich verschmutzte Hand wählt eine Nummer. Aber bei der Neun bleibt sie hängen. Sie fängt von vorne an und zwingt sich zur Ruhe. Sie zittert vor Kälte und Angst.

Das Freizeichen kommt. Das Mädchen läßt das Telefon fünf, sieben, neun Mal klingeln, drückt den Hörer ans Ohr. Die Decke gleitet auf einer Körperseite hinunter, ein kalter Lufthauch läßt sie erschauern. Es muß sehr spät sein: tiefe Nacht, wahrscheinlich beinahe schon Morgen, obwohl der Horizont noch nicht hell wird.

Beim zwölften Klingeln meldet sich endlich eine Männerstimme: sie klingt erschrocken und unfreundlich, wie jemand, der aus dem Schlaf gerissen wurde.

»Bist du es, Amadeus?«

»Wer spricht denn?«

Die keuchende, abgehackte Stimme des Mädchens ist nicht zu erkennen: »Amadeus, bitte hol mich! Etwas Schreckliches ist geschehen.«

»Wo bist du überhaupt? Was ist los?«

Das Mädchen liest die Angaben auf der Tafel: »Ich befinde mich in der öffentlichen Telefonzelle 727 auf der Überlandstraße nach Parma.«

»Bist du sicher? Was suchst du um diese Zeit auf der Überlandstraße nach Parma?«

»Bitte, Amadeus, stell mir jetzt keine Fragen! Ich werde dir alles erklären. Aber komm rasch!«

»Gut. Rühr dich nicht von der Stelle!«

Constanze hängt den Hörer ein. Sie stößt die Tür auf und tritt in die kalte Nachtluft hinaus. Die Laternen sind von kleinen Nebelwölkchen eingehüllt.

Sie zieht die Decke fester um sich, aus der vielfältiger, Übelkeit erregender Geruch aufsteigt. Constanze wagt es nicht, sie wegzulegen. Die Müdigkeit zwingt sie, sich auf die Schwelle der Zelle zu setzen. Sie kann jetzt nur noch warten. Sie schlingt die Arme um die Knie und lehnt den Kopf an den Rahmen. Bei der Berührung mit dem kalten Metall zuckt sie zusammen; die Kopfschmerzen werden ärger.

Sie holt mit geschlossenen Augen tief Luft und spürt dabei, wie ihr linkes Auge immer mehr zuschwillt. Sie sucht in der Hosentasche: ein Taschentuch, eine Haarnadel und zuvor glücklicherweise drei Telefonmünzen. Mit dem Taschentuch fährt sie sich über die Stirn, die Nase, die Wangen. Vorsichtig, um den Schmerz nicht zu verstärken, tupft sie die linke Augenbraue ab. Im Licht der Telefonzelle sieht sie, daß das Taschentuch blutgetränkt ist.

Sie versucht, sich an die schrecklichen Augenblicke des Kampfs zu erinnern. Aber sie weiß nicht mehr, wann sie ohnmächtig geworden ist, wann und wie sie hierhergebracht wurde.

Die Stirn schmerzt. Am ganzen Körper spürt sie Quetschungen und Platzwunden. Im Augenblick weiß sie nur, daß sie lebt, daß sie dem Tod entronnen ist, weil sie rechtzeitig zu sich gekommen ist; vielleicht haben die Dämpfe der Mülldeponie sie zu sich gebracht, statt sie zu ersticken.

Eine Erinnerung ist deutlich: als sie zu sich gekommen

ist, hat sie ein Entsetzen empfunden wie noch nie zuvor. Sie hat nicht das Gefühl gehabt, begraben, sondern von einer dichten, schäumenden Welle eingehüllt zu sein, von einer Substanz, die Hände und Augen hat. Die geheimnisvolle Substanz ist auf ihrer Brust und auf ihrem Bauch gelegen. Dann hat sie einen weichen Wollstoff erkannt, hat ihn betastet und festgestellt, daß es sich um eine Decke handelt.

Sie hat sich mit aller Kraft aufgerichtet, weil der Selbsterhaltungstrieb plötzlich eingesetzt hat. Sie hat sich hochgestemmt, gegen etwas Schweres angekämpft, das auf ihr gelastet hat, sie erdrücken wollte; hat mit Mühe durch die Decke Luft bekommen. Dann hat sie gespürt, daß sie wieder ohnmächtig wird. Sie hat geschrien, um Hilfe gerufen, aber ihre Stimme hat versagt, bis ihr Kopf unvermittelt aus der namenlosen Masse aufgetaucht ist und ihre Augen die Sterne am dunklen Himmel wahrgenommen haben. Weiter unten hat sie im Dunst die doppelte Reihe Straßenlaternen gesehen, und dieser Anblick hat etwas Tröstendes an sich gehabt.

Sie hat den Mund aufgerissen, um tief Luft zu holen, sie hat Sauerstoff gebraucht. Dann hat sie sich aufgesetzt und erkannt, wo sie sich befindet: eine Mülldeponie, und neben ihr ein Bagger mit aufgerissenem Maul, als wolle er sie im nächsten Augenblick verschlingen.

Sie hat geweint, vielleicht aus Angst, vielleicht aus dem Hochgefühl heraus, daß sie noch am Leben ist. Vielleicht weil sie verzweifelt darüber war, daß sie sich mitten auf dem Müllhaufen befindet, vielleicht weil sie darüber bestürzt war, welcher Roheit die beiden Verbrecher fähig sind, die sie in ihrem Haus aufgenommen hatte.

Aber erst jetzt, während sie auf Amadeus wartet, kann sie die Ereignisse in eine gewisse logische Ordnung bringen.

Sie hatte sich bewegt, hatte sich von den ekelerregenden Abfällen gesäubert, die an ihr klebten, und war zur Einfriedung gegangen. Sie hatte sich eine Schulter aufgekratzt, als sie über den Stacheldraht kletterte. Dann war sie zehn Minuten die Straße entlanggegangen und hatte gehofft, daß ein Auto vorbeikommen würde. Sie wußte noch immer nicht, wo sie sich befand. Und schließlich war sie auf die Telefonzelle gestoßen.

Constanze behält ihre zusammengekauerte Stellung bei, während ihr seltsame Gedanken durch den Kopf gehen: Großmutter, Großmutter Adriana, wenn du nicht so plötzlich gestorben wärst, wenn du noch lebtest, hätte ich nicht diese scheußlichen Augenblicke erleben müssen. Dann hätte ich auch Attilio nicht ins Haus genommen. Ich war in ihn verliebt, warum soll ich es leugnen? Aber wenn du noch da gewesen wärst, hätte ich nicht das Bedürfnis gehabt, in diesem Haus, das für mich zu groß ist, jemanden neben mir zu haben ...

Unter ihren Lidern bilden sich dicke Tränen, die über die Wangen hinunterfließen, die Winkel der geschwollenen Lippen erreichen. Der körperliche Schmerz und die Trauer um die Großmutter verschmelzen mit der Enttäuschung und der Verbitterung, bis sich der Kloß auflöst, der in ihrer Kehle steckt.

Nach diesem befreienden Tränenstrom schlägt sie die Augen wieder auf, wischt sich die Tränen ab und blickt in die Richtung, aus der im nächsten Augenblick Amadeus auftauchen müßte.

Sie sieht ihn schon vor sich, wie er vor der Telefonzelle bremst, aus dem Auto steigt und besorgt und eifrig auf sie zukommt. Aber die Straße bleibt leer. Die beiden Parallelen der Gehsteige verlieren sich in der Dunkelheit, und mit ihnen die bruchstückhaften Gedanken, die wechselnden Gefühle, die unaussprechliche Enttäuschung, die durchdringenden Schmerzen in den Rippen und am Hals.

Doch die Spannung läßt allmählich nach. Ein Windstoß wirbelt ein schmutziges, zerknülltes Zeitungsblatt in die Höhe, während ein einzelner Baum an der anderen Straßenseite sie daran erinnert, wie sie aussieht: seine Äste tragen keine Blätter, der nackte Stamm ist wehrlos allen Unbilden des Wetters ausgesetzt, er ist ein winziges Geschöpf im Vergleich zur ungeheuren, in der Dunkelheit verborgenen Ebene, im Vergleich zur riesigen Halbkugel über ihnen.

Das eintönige, durchdringende Brummen eines Jets veranlaßt sie, zum Himmel zu blicken. Sie glaubt, einen kleinen gelblichen Punkt zu entdecken, als hätte das Flugzeug die Positionslichter eingeschaltet. Sie verfolgt das phosphoreszierende Licht, das stärker blinkt, sich ihr nähert und dann verschwindet. Übrig bleibt nur das tiefe Dröhnen der Düsen, das in Richtung auf den Horizont zu verklingt.

Vielleicht hätte die Großmutter in ihrem Tagebuch vermerkt, daß sie ein UFO gesehen hat. Constanze erwartet jedoch keine Außerirdischen, sondern nur die Scheinwerfer von Amadeus' Wagen.

5. Kapitel

»Nimm einen Eimer Wasser und wasche den Boden im Gewächshaus auf! Die Scheuerlappen sind in der Küche.«

Ennio gehorcht. Er befolgt widerspruchslos alle Befehle.

Attilio geht durch den Korridor in Constanzes Zimmer. Er öffnet die erste Lade, sucht zwischen der Wäsche. Enttäuscht schiebt er sie zu und öffnet die nächste: hier sucht er sorgfältiger, auch in den Ecken und schließlich unter dem Papier, mit dem sie ausgelegt ist. Aber nichts interessiert ihn. Daraufhin durchstöbert er den Kleiderschrank. In einer Handtasche findet er einen Schlüssel, der mit einer Sicherheitsnadel am Futter befestigt ist. Er mustert ihn: der Schlüssel ist ziemlich klein, der Ring verziert.

Er sieht sich um, entdeckt aber keine versperrten Behälter. Er hebt den Überwurf des Toilettetischs hoch. Zwei große seitliche Schubladen ohne Schloß lassen sich mühelos öffnen. Sie enthalten jedoch nur Fläschchen, Parfumflakons, Cremedosen, Lockenwickler, eine Bürste, Papiertaschentücher.

Er schiebt die Schubladen energisch zu. Hört Schritte und dreht sich um, um Ennio Vorwürfe zu machen. Dieser ist noch nicht ins Zimmer getreten. Er steht im Türrahmen und fragt Attilio, was er sucht. In der Hand hält er einen Scheuerlappen.

»Erzähl mir nur nicht, daß du den Fußboden schon

aufgewaschen hast«, sagt Attilio ärgerlich. »Willst du im ganzen Haus Bluttropfen verteilen, du Idiot?«

»Er tropft nicht mehr. Ich habe dich gefragt, was du suchst.«

Attilio antwortet von oben herab: »Ich suche das Geld, was sonst? Und auch den Schmuck, vorausgesetzt, daß sie außer der Kette und dem Armband, die sie ständig trug, noch welchen besessen hat.«

Ennio versuchte zu lächeln. »Schön, wenn du das Geld suchst, werde ich dir dabei helfen. Falls es welches gibt, sollten wir halbe-halbe machen.«

»Ich bin davon überzeugt, daß sie Geld gehabt hat. Wir müssen schließlich nur herausfinden, wo sie es versteckt hat.«

»Du hältst einen Schlüssel in der Hand. Vielleicht ist es der richtige.«

»Hör mal, Ennio, sieh zu, daß du mit dem Saubermachen fertig wirst, dann kannst du auch suchen.«

»Kann dieser Schlüssel nicht zu dem Möbelstück gehören, in dem sie ihre Ersparnisse aufbewahrt hat?«

»Wahrscheinlich. Ich weiß aber nicht, in welches Schloß er paßt.«

»Vielleicht zu dem Schreibtisch drüben.«

Attilio verläßt das Zimmer und geht durch den Korridor ins Wohnzimmer, in dem peinliche Ordnung herrscht. Alles steht an seinem Platz, als wäre nie etwas geschehen. Der strenge dunkle Schreibtisch aus Nußholz geht nicht auf, obwohl Attilio flucht und sich bemüht, den Schlüssel im Schloß umzudrehen.

»Er paßt nicht, er ist zu klein.«

»Warum brechen wir ihn nicht auf?«

»Du kapierst doch nie etwas. Hier brechen wir überhaupt nichts auf! Alles muß in Ordnung sein. Und wenn es diesen Schlüssel gibt, so bedeutet das, daß man mit ihm etwas aufsperren kann. Aber nicht den Schreibtisch.«

»Sehen wir bei den Pflanzen nach.«

Sie schalten das Licht im Gewächshaus ein, und die Lampen beleuchten das Gewirr von Pflanzen, die Glaswände, den Kasten, die Geräte, den Wasserzerstäuber. Alles ist in Ordnung. Ennio hat seine Arbeit gut gemacht. Auf dem Linoleum befinden sich keine Flecken mehr.

Im Gewächshaus gibt es jedoch weder Schlösser noch Vorhängeschlösser. Der Schrank läßt sich ohne weiteres öffnen. Das einzige Geheimnis ist der Schlüssel.

Attilio schiebt zornig eine Vase, ein Säckchen, eine Gießkanne zur Seite. »Nein, es ist unmöglich, daß sie das Geld hier aufbewahrt hat. Wenn du schon mal eine Idee hast, ist es bestimmt ein Blödsinn.«

»Na schön, dann laß dir etwas Besseres einfallen! Du bist doch die Intelligenzbestie.«

»Ich bin davon überzeugt, daß wir im Zimmer suchen müssen. Es sind lauter alte Möbel, wahrscheinlich gibt es irgendwo ein Geheimfach.«

Sie kehren in Constanzes Schlafzimmer zurück, tasten die Möbel von oben bis unten ab: den Schrank, den Toilettentisch, den Fauteuil, die beiden Stühle, die Kopfenden des Bettes.

Ennio hebt die Decken hoch und kniet auf dem Teppich nieder, um unter das Bett zu schauen.

»Hier gibt es keinen Tresor«, bemerkt Attilio ungeduldig. »Wir vergeuden nur unsere Zeit. So dumm war die nicht.«

Ennio hat den Kopf unter den Bettrand gesteckt und schaut jetzt hinauf zur Matratze. »Sieh dir den Kopfteil einmal genauer an, er ragt hier um etwa zwanzig Zentimeter vor.«

Attilio fährt mit der Hand über die Verzierungen des

Kopfteils, es ist ein altes geschnitztes Bett. Die gesamte Fläche ist mit verschlungenen Ornamenten, Blättern, Früchten, Weintrauben verziert.

Auch Ennio, der wieder unter dem Bett hervorgekrochen ist, beginnt zu tasten, herumzufingern, zu drücken. Sein Zeigefinger fährt über einen kleinen Tannenzapfen mit glänzenden Schuppen. Und plötzlich gleitet der Zapfen zur Seite und gibt ein winziges Schloß frei.

»Na also«, ruft Ennio. »Der Zapfen hat das Schloß versteckt. Versuch den Schlüssel, du wirst sehen, daß er paßt!«

Der Schlüssel dringt mühelos ein, dreht sich geräuschlos, und eine verborgene kleine Lade öffnet sich vor ihren Augen. Sie ist mit vergilbten, verstaubten Briefen gefüllt, die von einem Band zusammengehalten werden.

Meine geliebte Adriana, seit drei Tagen weile ich fern von dir ...

»Der Teufel soll die Liebesbriefe ihrer Großmutter holen!« flucht Attilio.

Ich küsse dich innig, dein Federico.

»Schweinereien«, fügt Ennio hinzu.

Eine braune Ledertasche mit versilbertem Schloß enthält Anleihepapiere im Wert von tausend Lire, die vor vierzig Jahren abgelaufen sind. Ennio blättert sie durch: wer weiß, vielleicht befinden sich gültige Banknoten zwischen ihnen. Zwischen den Anleihen findet er ein mit der Hand beschriebenes Blatt: die schräge, zierliche Schrift macht ihn neugierig.

Inzwischen drückt Attilio auf einen Zapfen nach dem anderen. Er untersucht alle übrigen Geheimfächer: sobald der Zapfen das Schloß freigegeben hat, sperrt er die Schublade auf.

Ennio liest den Text auf dem Blatt aufmerksam und neugierig.

... Ich hatte den Eindruck, daß die Tür des fliegenden Objekts aufging, zwei Geschöpfe heraussprangen und die Abzugsleinen der Fallschirme betätigten, die sich öffneten. Sofort danach war das UFO in blendendes goldenes Licht gehüllt und verschwand – oder entschwand eigentlich – meinen Blicken.

»Was ist das schon wieder?« brummt Ennio, liest aber weiter.

Ich suchte die seltsamen Lebewesen auf dem Himmel, konnte sie aber nicht entdecken. Wohin waren sie geflohen? Wo waren sie gelandet? Oder handelte es sich vielleicht nur um Einbildung?

Ennio ist verwirrt. Der Bericht über Wesen, die vom Himmel herabsteigen, hat ihn aus der Fassung gebracht. Dann schüttelt er den Kopf und vertreibt die Bilder von der fliegenden Untertasse aus seinem Kopf.

»Geld gibt's hier keines«, schließt er. Er steht jetzt wieder mit beiden Füßen auf der Erde.

»Doch«, widerspricht Attilio, »eine Kleinigkeit ist vorhanden.« Er zeigt Ennio eine Brieftasche mit fünf Zehntausendlire-Scheinen, die er geschickt herausnimmt und in die Hosentasche steckt.

»Moment mal!« protestiert Ennio.

»Sehen wir weiter nach. Ein leerer Tresor. Aber nein, da ist ja eine goldene Schließe. Ungefähr zwei Gramm. Ein Jammer. Sie besaß wirklich nichts mehr.«

»Und das Geld, Attilio? Wir haben uns auf halbe-halbe geeinigt.«

»Aber natürlich. Morgen. Denk jetzt lieber darüber nach, was wir mit dem Armband und der Halskette machen.«

»Ich halte es für zu gefährlich, sie im Haus zu lassen. Constanze hat sie immer getragen, das wissen alle. Wir können sie verkaufen. Ich kenne in Parma jemanden, dem ich sie anbieten kann.«

»Schön, dann werden wir uns morgen näher damit befassen. Jetzt gehen wir erst einmal schlafen.«

Ennio packt Attilio am Ärmel und sieht ihn schweigend an. Sein Freund beruhigt ihn.

»Wofür hältst du mich eigentlich? Ich habe gesagt morgen, und morgen teilen wir.«

»Jetzt wäre mir lieber.«

»Aber man kann doch fünf Scheine nicht in die Hälfte teilen. Oder soll ich einen entzweischneiden, damit du Ruhe gibst?«

»Also schön. Hör mal, ich habe Kette und Armband in die Schublade im Wohnzimmer gelegt. Lassen wir sie dort?«

»Natürlich. Wer sollte sie uns denn heute nacht stehlen?«

Ennio ist noch nicht überzeugt und läßt nicht locker. »Du könntest mir jetzt wenigstens zwei Scheine geben. Und morgen gibst du mir noch fünftausend.«

Attilio unterdrückt einen Fluch. Er ist wütend, auch weil er feststellen muß, daß auch die letzte Schublade im Kopfteil des Bettes nur alte Fotos und ein Brautbukett aus Orangenblüten enthält.

»Hör schon auf! Ich habe morgen gesagt.«

Er schiebt die Lade geräuschvoll zu.

»Blöder Krimskrams der Alten. Ich begreife nicht, warum sie ausgerechnet dieses Zeugs hier versteckt hat.«

»Vielleicht hat sie überhaupt nicht mehr gewußt, daß sie es hier hineingetan hat«, meint Ennio.

Attilio hört ihm gar nicht zu. Er steht auf und verläßt das Zimmer.

Im Wohnzimmer überzeugt er sich davon, daß es keinen Hinweis auf die Vorfälle des Nachmittags gibt. Alles ist in Ordnung. Dann betritt er das Gewächshaus, untersucht den Fußboden, sieht unter das Podest, auf dem die

Blumenkästen stehen. Er entdeckt keine Blutspuren. Während der Auseinandersetzung hat keiner von ihnen die Blumentöpfe berührt oder eine Pflanze geknickt. Alle befinden sich an ihren Plätzen, kein Blatt wurde beschädigt. Auch die zerbrechlichen großen Glasbehälter sind heil geblieben.

»Gehen wir schlafen«, schlägt er Ennio vor. »Morgen früh steigst du ins Auto und siehst bei der Verbrennungsanlage nach. Ich bleibe hier und werde ein paar Anrufe erledigen. Wir müssen Constanze suchen, denn sie hat heute abend das Haus verlassen, ohne uns zu sagen, wohin sie geht.«

Ennio sieht ihn verblüfft an. »Sie ist fortgegangen?«

»Aber natürlich. Was sonst?«

»Ja, klar. Du hast recht.« Ennio hat endlich begriffen. Dann fällt ihm wieder etwas ein: »Morgen will ich das Geld.«

»Sobald ich die Scheine gewechselt habe.«

Attilios ausweichender Ton, die Art, wie er spricht, verstärken Ennios Enttäuschung. Vor allem aber wecken sie in ihm einen unbestimmten Verdacht.

6. Kapitel

Constanze kommt in einem braunen Bademantel, der bis zum Boden reicht, aus dem Badezimmer. Sie schlurft in Männerpantoffeln in die Küche. Amadeus hat auf dem Tisch Verbandszeug, Pflaster, Alkohol, Wasserstoff und Watte bereitgestellt.

»Das heiße Bad habe ich wirklich nötig gehabt«, erklärt Constanze. »Ich habe auch deinen Kamm benützt. Und danke für das Deodorans. Der Spiegel hat mir verraten, daß sie mich in eine kleine Hexe verwandelt haben.«

Amadeus tut, als hätte er die letzten Worte überhört. »Wir müssen jetzt alles desinfizieren, auch wenn du dich gewaschen hast. Setz dich unter die Lampe, da hinüber!«

Das Mädchen gehorcht wie ein braves Kind, hebt das Kinn, schließt die Augen und preßt die Lider zusammen.

»Entspann dich! Rümpf nicht die Nase! Verzieh nicht das Gesicht!«

Amadeus betupft die Wunde auf der Augenbraue mit einem Wattebausch, den er mit Wasserstoffsuperoxid getränkt hat. Es ist eine ziemlich tiefe Platzwunde.

»Brennt es?«

»Nein.«

Das linke Auge verschwindet unter den geschwollenen Lidern. Auch die Nase ist entstellt, und die Ränder der Nasenflügel sind verdickt.

»Ich werde dir einen kalten Umschlag auf dieses Auge machen.«

»Du hast heute abend schon genug getan. Warte bis morgen!«

Amadeus hört nicht auf sie: er taucht den Verbandmull in Wasser und legt ihn vorsichtig auf das geschlossene Auge. Constanze muß ihn mit der linken Hand festhalten, während Amadeus einen Kratzer auf der rechten Wange verpflastert.

Constanzes Lippen sind halb geöffnet: sie kann sie nicht schließen, weil die Schwellung den gesamten Bereich unterhalb der Nase erfaßt hat.

Die arme Constanze! Die Hiebe sind blindlings gefallen. Ein Wunder, daß Attilio ihr keinen Zahn ausgeschlagen hat.

Die meisten Sorgen bereitet Amadeus der Riß in der Augenbraue: ein Arzt müßte ihn mit ein paar Stichen nähen.

Constanze hat nichts davon wissen wollen: Amadeus wollte sie sofort, nachdem er sie aufgelesen hatte, in ein Krankenhaus und von dort zur Polizei bringen. Sie hat sich eigensinnig widersetzt, hat sich dagegen gewehrt, hat ihn gebeten, sie in seine Wohnung zu bringen und erklärt, daß sie alles übrige später besprechen würden. Doch »später« hat sie sich geweigert, irgend etwas zu unternehmen: weder Arzt noch Polizei. »Glaub mir, so ist es viel besser. Warten wir ab, was geschieht. In diesem Haus muß etwas geschehen.«

»Was denn? Bestenfalls werden sie alles mitnehmen, was sie verkaufen können, und abhauen. Aber viel wahrscheinlicher ist, daß sie in aller Ruhe im Haus bleiben. Vergiß nicht, daß sie dich für tot halten, daß sie annehmen, du bist heute früh verbrannt worden.«

Jetzt wiederholt Amadeus: »Für diese Wunde brauchst du einen Arzt. Ich kann sie nur desinfizieren und verbinden, und das ist zu wenig.«

»Arzt, Arzt! Kennst du vielleicht einen, der den Mund hält? Du weißt doch, wie sie sind. Sie wollen natürlich wissen, was mir zugestoßen ist, wer mich so zugerichtet hat, warum, wo, wann ... Dann rufen sie die Polizei an.«

Constanze hat diese Worte beinahe hysterisch hervorgestoßen; dann verstummt sie plötzlich und blickt mit dem heilen Auge ins Leere: sie betrachtet ein Bild, das nur sie sieht, eine Erscheinung. Sie bewegt sich nicht, spricht nicht, blinzelt nicht, als wäre sie in Trance gefallen, und ihr ausdrucksloses Gesicht, das zu einer grotesken Maske verzerrt ist, beeindruckt Amadeus, der versucht, in diesen verschwollenen Zügen seine junge Freundin, die Enkelin der geliebten Adriana zu erkennen. Er hat das Gefühl, daß er es mit einem unbekannten, fremden Wesen zu tun hat, und ruft entschlossen ihren Namen: »Constanze!«

Sie kommt zu sich, sieht ihn an, versucht zu lächeln, doch dabei kommt nur eine Grimasse zustande.

»Jetzt verbinde ich dir Auge und Stirn, dann versuch zu schlafen! In den nächsten Tagen kommt Flavio zurück, und ich werde ihn herzitieren, ob du willst oder nicht.«

»Dein Neffe? Er kommt nach Parma zurück?«

»Er hat mir vergangene Woche geschrieben, daß er Ende März hier sein wird.«

»Heute ist ja schon der einundzwanzigste.«

»Schon der zweiundzwanzigste. Es ist halb drei, also schon morgen.«

Während Amadeus mit Verbandstreifen und Pflaster hantiert, erwähnt Constanze, daß sie Flavio zum letzten Mal vor zehn Jahren gesehen hat. Amadeus bestätigt, daß er damals nach Mailand auf die Universität gegangen ist und dann ein Stipendium für die Vereinigten Staaten erhalten hat, wo er in Kardiologie ausgebildet wurde. Bevor er nach New York abgereist ist, hat er sich zwar von

Adriana verabschiedet, aber Constanze war damals nicht zu Hause.

»Ach ja, ich weiß, es tat der Großmutter leid. Ich war damals fünfzehn, und er neunzehn. Jetzt ist er ein erwachsener Mann. Wieso kommt er zurück?«

»Er hat einige Jahre in New York praktiziert, hat aber jetzt ein Angebot von einer Klinik hier erhalten, das er angenommen hat. Er möchte nach Italien zurückkehren, er hat Heimweh. Aber wer weiß, ob er sich wieder eingewöhnen kann.«

Amadeus fixiert den Verband mit einer Sicherheitsnadel.

»Als wir Kinder waren«, fährt Constanze fort, »spielten Flavio und ich im Garten Ritter. Er hatte ein Holzpferd, ich nicht. Um ihm nicht nachzustehen, bin ich auf einem Besen geritten. Damals hat er mich ›kleine Hexe‹ genannt.«

»Wirklich!«

»Aber nicht, weil ich auf dem Besen ritt. Er war wütend, weil ich mein Pferd, also den Besen, Flavio getauft hatte.«

»Deswegen war er beleidigt?« fragte Amadeus lächelnd.

»Er hat nicht begriffen, daß der Besen für mich ein richtiges Pferd war und daß ich es ihm zu Ehren Flavio genannt hatte.«

Amadeus lächelt immer noch. »Wir Männer begreifen nicht immer gewisse Anspielungen, gewisse Komplimente.« Inzwischen hat er Constanzes Auge verbunden und auf die Schläfe und die Nasenwurzel Pflaster geklebt.

Constanze vergißt die Kindheitserinnerungen und kommt auf Flavios Rückkehr zurück. »Dann könnte er mich ja behandeln.«

»Hoffen wir, daß es für deine Wunde nicht zu spät ist.«

»Ich werde ihm die ganze Geschichte erzählen, und er wird imstande sein zu schweigen. Ich hoffe es jedenfalls. Wenn er nicht den Mund halten kann, brauche ich ihn auch nicht.«

Zehn Minuten später sitzt Constanze auf dem Bett, trinkt Kamillentee mit Zitrone und sagt: »Bitte ruf morgen bei mir zu Hause an. Ich möchte wissen, ob die beiden noch dort sind.«

»Soll ich dich verlangen, als wäre nichts geschehen?«

»Genau. Du wirst ja sehen, wie sie darauf reagieren.«

Amadeus' graue Augen betrachten noch einmal das entstellte Gesicht des Mädchens. Die arme Constanze! Mißhandelt, bewußtlos geschlagen, verletzt, blutüberströmt, im Müll begraben, für die Verbrennungsanlage bestimmt: und jetzt ist sie verbunden und verpflastert und weigert sich, Anzeige zu erstatten. Sie setzt lieber auf Gewaltlosigkeit und hofft, daß ihre Verfolger das Feld räumen. Er hält diese Hoffnung für naiv und absurd.

Wäre es nicht seine Pflicht, selbst die Polizei zu verständigen? Auch wenn er es gegen ihren Willen und ohne ihr Wissen tun muß?

Aber vielleicht kann er Constanze auch auf andere Weise beschützen.

7. Kapitel

Der Übergang vom Schlaf zur Wirklichkeit des Zimmers erfüllt Ennio mit Erleichterung, denn er hat schlecht geschlafen und einen Alptraum nach dem anderen gehabt: einmal wurde er beinahe von einer Goldkette erwürgt, dann haben ihn Fäuste ins Gesicht geschlagen, und schließlich hat ihn Attilio mit Schimpfworten und Beschuldigungen überhäuft.

Im letzten Traum, der durch das plötzliche Erwachen beendet wurde, rannte er vor ungeheuren Hunden davon, die ihn verfolgten, ihm immer näher kamen und deren heißen Atem er schon spürte.

Aber er liegt im Bett, und irgendwo bellt ein Hund wütend, genau wie die Bestien, die ihn im Traum verfolgt hatten. Durch die Fenster fällt das Tageslicht. Im Zimmer riecht es nach Terpentin.

Obwohl die Angst vorbei ist, obwohl die schrecklichen Bilder verschwunden sind, herrscht in seinem Geist Dunkelheit, und er sucht verzweifelt nach einem Ausweg.

Dann löst sich die Dunkelheit plötzlich auf, und ein bewußter Gedanke bricht durch, eine Selbstanklage: »Ich bin ein Mörder.«

Sofort danach denkt er weiter: »Auch Attilio ist ein Mörder.«

Dann eine Rechtfertigung: »Attilio ist die eigentliche Ursache. Er ist der Schuldige. Außerdem ist er ein Schwein. Er hat das Geld eingesteckt. Und wird alle möglichen Ausreden erfinden, um mir nicht einmal eine Lire davon abzugeben.«

Er wirft die Decke zurück und setzt sich auf den Rand der Couch.

Vor ihm, schräg vor dem Fenster, steht ein Bild auf der Staffelei: auf der Leinwand sind zwei orangefarbene Sterne auf einem rötlichen, mit nervösen Pinselstrichen angelegten Hintergrund skizziert. Ein rascher Blick auf das Werk überzeugt ihn davon, daß noch viel Arbeit zu seiner Vollendung erforderlich ist, bis die beiden Himmelskörper im Raum schweben; im Augenblick scheinen sie auf einem künstlichen Hintergrund zu kleben.

»Verdammt, ich habe gestern abend die Pinsel nicht ausgewaschen. Jetzt ist sicherlich die Farbe angetrocknet.«

Auf dem Schemel liegt die Palette; die mit Farbe getränkten Pinsel liegen unordentlich darauf, als hätte man sie nachlässig weggeworfen. Aber dieser Gedanke taucht nur flüchtig auf. Eine viel größere Sorge beherrscht seinen Geist und veranlaßt ihn, sich rasch anzuziehen. Dann tritt er auf die Terrasse, die von seinem Arbeits- und Schlafzimmer zum Gewächshaus führt.

Geräuschlos geht er durch Wohnzimmer und Korridor und schließt sich im Badezimmer ein.

Die Uhr hat acht Mal geschlagen: nach dem letzten Ton herrscht im Haus wieder Stille. Attilio schläft noch.

Während sich Ennio mit schnellen Bewegungen rasiert und kämmt, entwirft er im Geist das Tagesprogramm und macht sich sofort an die Ausführung. Er schleicht auf Zehenspitzen ins Wohnzimmer und zieht vorsichtig, damit sie nicht quietscht, die Schublade im Tisch auf: die Kette und das Armband liegen dort, wo er sie am Vorabend hingelegt hat. Er steckt sie in die Tasche und kehrt in das Gewächshaus zurück.

Er sieht sich um, mustert Form und Größe der Gefäße, steigt die Leiter hinauf und untersucht die Blumenkästen. Das Gefäß, das ihm geeignet erscheint, steht ganz oben und enthält eine große Agave. Es handelt sich um einen massiven Tontopf, in dem die Erde mit einer Schicht kleiner farbiger Kiesel bedeckt ist.

Er nimmt eine Schaufel aus dem Kasten, gräbt ein ziemlich tiefes Loch in die Erde und läßt die Kette und Armband hineingleiten. Ein ausgezeichnetes Versteck. Ennio füllt das Loch sorgfältig und kaschiert es mit den farbigen Steinchen.

Er hat gute Arbeit geleistet. Niemand käme auf die Idee, daß der Topf die beiden kostbaren Schmuckstücke enthält. Nicht einmal Attilio. Ennio muß nur noch die Leiter wegräumen.

Er hat sich gezwungen, ruhig zu arbeiten und jede Bewegung präzise auszuführen. Jetzt steht ihm der Schweiß auf der Stirn, und ein unvermittelter Lufthauch streift eisig über seine Schläfen. Der Luftzug scheint von der verfliesten Wand hinter den Pflanzen zu kommen.

Aber es ist unmöglich, daß es durch die feste Mauer zieht.

Die Fenster neben ihm sind hermetisch verschlossen, genau wie die auf die Terrasse führende Tür.

Er fährt sich mit der Hand über die Stirn. Die Feuchtigkeit im Treibhaus ist wahrscheinlich höher als zulässig: einige Blätter schwitzen Wassertropfen aus, die an ihren Spitzen glitzern.

Ennio kehrt rasch in sein Zimmer zurück, öffnet das Fenster und blickt ins Tal hinunter. Er schlägt vier fertige und schon trockene Bilder in Packpapier ein. Dann schreibt er einen Zettel und legt ihn gut sichtbar auf den Kühlschrank.

Jetzt bewegt er sich ungezwungener, weniger verkrampft. Er geht über die innere Treppe hinunter, öffnet die Garage, startet das Auto, biegt vorsichtig auf die Straße ein und gibt dann Gas.

Die Kurven sind im Tageslicht gut einzusehen. Die Sonne ist hinter dem Berg aufgegangen, der das Tal abschließt. Die Wolken, die der Wind über den Himmel treibt, verhüllen immer wieder die Sonne und verändern die Farben der Landschaft.

Ennio beachtet diese Farbunterschiede kaum. In sein offizielles Programm dem Partner gegenüber ist ein Besuch der Müllverbrennungsanlage von Parma eingeplant. Sein persönliches Programm sieht jedoch vor, daß er Constanzes Schmuck an den Mann bringt. Wenn Attilio ihm wie ausgemacht die Hälfte des Geldes gegeben hätte, hätte er den Schmuck nicht gestohlen. Sie sind quitt. Nun hängt alles davon ab, wie Attilio sich verhalten wird: Schlauheit gegen Überheblichkeit.

Auf der Straße sind ein paar Autos und Lastwagen unterwegs. Ein mit Mineralwasserflaschen beladenes Lastauto fährt vor ihm langsam bergab. Er hupt, der Lastwagen zieht zur Seite. Ennio steigt auf das Gaspedal.

Hinter einer Biegung stehen drei Kinder mit Schultaschen wie angewurzelt auf dem Bankett und sehen in die Höhe: eines von ihnen hat den Arm gehoben und zeigt mit dem Zeigefinger den Gefährten etwas. Sein Gesicht drückt Aufregung und Staunen aus. Sein Mund steht offen, als würde es sagen: »Dort, dort!«

Wahrscheinlich hat der Junge die erste Schwalbe gesehen, denkt Ennio.

Bald weitet sich die Landschaft zum steinigen Tal, durch das der Fluß rauscht. Jenseits der Brücke taucht die Stadt mit der weiträumigen Anlage der Zementfabrik auf: es sind Zylinder, Mühlen und Bagger, die in seinem Geist die ähnlichen Bauten der Müllverbrennungsöfen verdrängen. Die Zementfabrik zermahlt und pulverisiert Kiesel, während die Verbrennungsöfen Abfälle beseitigen.

Wenn er das Wort »Abfälle« nur denkt, wird ihm übel. Er sieht wieder Constanzes zerbrechlichen Körper vor sich, der im Müll verschwindet. Vielleicht ist er jetzt schon zerkleinert, zerfallen, in Asche verwandelt.

Das makabre Bild löst in ihm einen Ekel aus, der seinen Blick trübt. Er bremst, öffnet das Fenster und holt tief Luft. Dann trinkt er einen Schluck Kognak aus der Flasche, die er im Handschuhfach gefunden hat. Ihm fällt ein, daß er noch nichts im Magen hat, und das betrachtet er als Erklärung für seine plötzliche Übelkeit.

Als er weiterfährt, fühlt er sich besser. Die Straße verläuft jetzt beinahe geradlinig in die Ebene hinaus. Er ist sie erst vor kurzem nachts entlanggefahren. Die Überlandstraße führt nach Parma.

8. Kapitel

Das Klingeln des Telefons holt ihn aus dem Bett. Attilio geht schlaftrunken durch das Gewächshaus und schlurft langsam ins Wohnzimmer. Als er sich am Telefon meldet, klingt seine Stimme rauh: »Ja?«

»Bist du es, Ennio?«

»Nein. Wer spricht dort?«

»Attilio? Hier ist Lia. Ich habe deine Stimme nicht erkannt.«

»Ich habe noch geschlafen. Willst du mit Ennio sprechen? Ich hole ihn zum Apparat.«

Er will schon in Ennios Zimmer gehen, als er an den Plan denkt, den sie am Abend entworfen haben. Er greift wieder nach dem Hörer und fragt, ob sich Constanze bei Lia befindet.

Das Mädchen ist erstaunt. »Warum sollte sie hier sein?«

»Weil sie gestern das Haus verlassen hat, ohne einen Ton zu sagen. Ich habe gedacht, daß sie vielleicht zu dir gegangen ist.«

»Und du hast ihr so einfach erlaubt, fortzugehen?« Lia zögert kurz. »Habt ihr gestritten?«

Attilios Antwort kommt wie aus der Pistole geschossen. »Keine Rede. Wir haben uns noch nie so gut verstanden. Eben deshalb bin ich überrascht. Sie hat gesagt, daß sie kurz in den Garten geht, um eine Harke wegzuräumen. Seither habe ich sie nicht mehr gesehen. Als ich im Garten nachgeschaut habe, wo sie so lange bleibt, war niemand da.«

»Das ist eine geradezu unglaubliche Geschichte. Wo sollte sie am Abend noch hingehen? Wie spät war es?«

»Ungefähr neun. Ennio und ich waren hier und haben das Abendessen gekocht.«

»Hat sie den Wagen genommen?«

»Nein. Vielleicht ist sie mit dem Bus gefahren.«

»Wahrscheinlich ist sie im Botanischen Institut, wo sollte sie sonst sein? Versuch es einmal dort!«

»Ja, das werde ich gleich tun. Ich war davon überzeugt, daß sie heute morgen wieder auftaucht, deshalb habe ich ruhig geschlafen. Du weißt doch, wie Constanze ist. Unvorhersehbar. Überspannt.«

»Sie soll mich anrufen, sobald sie zurückkommt. Und jetzt hol Ennio!«

Attilio verläßt das Wohnzimmer, durchquert das Gewächshaus, geht über die Terrasse und klopft an Ennios Tür. Keine Antwort. Er stößt die Tür auf. Das Zimmer ist leer, die Decken zerknüllt, das Fenster steht offen.

Er überlegt einen Augenblick lang: wahrscheinlich ist Ennio zu der Verbrennungsanlage gefahren, wie er ihm befohlen hat.

»Er ist nicht zu Hause«, teilt er Lia mit.

»Auch er nicht?«

»Was willst du damit andeuten?« fährt Attilio auf. Dann nimmt er sich zusammen. »Habe ich ›andeuten‹ gesagt? Entschuldige bitte, ich schlafe noch halb. Wie spät ist es?«

»Zwanzig nach zehn.«

»Verdammt, das ist spät.«

Nachdem sie sich verabschiedet haben, atmet Attilio erleichtert auf. Er hat das Gefühl, daß er seine Sache gut gemacht hat. Aber jetzt braucht er einen starken Kaffee.

Der Zettel auf dem Kühlschrank lautet: »Ich bin wie ausgemacht unterwegs. Dann fahre ich zur Galerie Asteroide und bringe meine Bilder hin. Bin am Nachmittag zurück. Ennio.«

Brav, brav, der Junge hat gespurt. Und war vorsichtig: kein einziges kompromittierendes Wort.

Attilio füllt die Kaffeemaschine, und als er das Gas angezündet hat, verbrennt er den Zettel. Dann wischt er mit einem feuchten Lappen die dunkle Asche vom Herd weg.

Er läßt den vergangenen Abend im Geist noch einmal an sich vorüberziehen. Dabei fällt ihm ein wichtiges Detail ein: Constanzes Kette und Armband. Er sucht in der Schublade, wird nervös. Er findet nichts. Aber Ennio hatte sie doch hier hineingelegt. Er zwingt sich zur Ruhe. Als er an die knappen Sätze auf dem Zettel denkt, nimmt er an, daß »ich fahre zur Galerie Asteroide« bedeutet, daß Ennio den Bekannten in Parma aufsuchen will, der sich mit diesen Ankäufen befaßt. Vielleicht handelt es sich um den Galeriebesitzer oder um einen seiner Freunde.

Kurz, alles ist in Ordnung.

Jetzt kann er in Ruhe seinen Kaffee trinken. Dann wird er das Botanische Institut anrufen: er muß so tun, als mache er sich Sorgen wegen Constanze, überall erwähnen, daß das Mädchen gestern abend das Haus verlassen hat und noch nicht wiedergekommen ist. Es wäre gut, wenn er auch andere Bekannte anriefe.

Ein harter, heftiger Knall läßt ihn zusammenzucken. Attilio stellt die Tasse hin und sieht nach, was los ist.

Im Wohnzimmer ist alles in Ordnung.

Im Gewächshaus hingegen zittern die Blätter und die dünnen Zweige kaum merklich. Attilio betrachtet sie verständnislos. Die Verbindungstür zwischen Gewächshaus und Terrasse ist geschlossen. Aber er erinnert sich jetzt, daß er sie nicht hinter sich zugezogen hat, als er Ennio holen wollte. Er hatte es eilig, zum Telefon zurückzulaufen. Offensichtlich hat ein unerwarteter Luftzug die Tür zugeschlagen, den Lärm erzeugt und die Blätter zum Erbeben gebracht. Nichts Außergewöhnliches.

Er sieht durch die Glasscheiben in den Garten hinaus; die Bäume biegen sich unter einem Windstoß. Er richtet sich auf, sobald der Wind etwas nachläßt.

März. Verrücktes Wetter. Ich muß daran denken, diese Tür immer zu schließen. Verdammt, es hat wie ein Schuß geklungen!

Die Luft beruhigt sich bald wieder, und die Pflanzen bewegen sich nicht mehr. Der Sonnenschein fällt in den Raum und auf die Glasgefäße mit den Hydrokulturen, entlockt ihnen bunte Reflexe. Das größte Gefäß, das ein riesiges dunkles Farnkraut enthält, schillert in allen Farben.

Attilio betrachtet es fasziniert: die vor der Sonne vorüberziehenden Wolken führen zu einem bizarren, wechselnden Spiel des Lichts auf der glatten Oberfläche der Glaskugel. Attilio hat plötzlich den Eindruck, daß die Wurzeln des Farnkrauts sich im Wasser bewegen und strecken, als wollten sie die durchsichtige Wand erreichen.

Er kann den Blick nicht von diesem Gefäß losreißen: die Bewegung fasziniert ihn, und die merkwürdige Spiegelung hypnotisiert ihn. Er kann nicht mehr erkennen, ob es sich um ein wirkliches oder um ein imaginäres Phänomen handelt.

9. Kapitel

»Hallo? Ist dort die Polizeiwache?«

»Ja. Wer spricht?«

»Kommen Sie sofort! Hier liegt ein Toter. Jemand hat ihn ermordet.«

»Sprechen Sie ganz ruhig und versuchen Sie, präzise Angaben zu machen. Wer sind Sie?«

»Ennio Ciani. Ich wohne in Montalto, Haus Adriana, Nummer 85.«

»Weiter. Was ist geschehen?«

»Ich weiß es nicht. Ein Unglück. Ich bin vor wenigen Minuten nach Hause gekommen und habe meinen Freund Attilio Platoni, der ebenfalls hier wohnte, tot vorgefunden. Vielleicht ermordet. Überall ist soviel Blut. Beeilen Sie sich!«

»Montalto, Haus Adriana, Nummer 85. Gut. Rühren Sie auf keinen Fall etwas an! Bleiben Sie, wo Sie jetzt sind! Wir kommen sofort.«

Das Band, das mitgelaufen ist, bleibt stehen. Die Uhr zeigt 15.05.

Ennio bleibt auf dem Schemel neben dem Telefon hokken: er weiß nicht, ob er aufstehen, ein Glas Wasser trinken, in den Garten gehen kann. Aber er beschließt, sitzen zu bleiben, die Augen zu schließen, um nichts zu sehen und zu hören, und auf die Polizisten zu warten. Er ist allein im Haus. Nein, er ist nicht allein. Attilio ist auch noch da. Aber an den will er lieber nicht denken. Eine feuchtkalte Schicht auf den Handflächen zwingt ihn, sich zu bewegen und das Taschentuch herauszuholen. Gleichzeitig versucht er, seinen rebellierenden Magen zur Ruhe zu zwingen.

Ein einziges Geräusch, das Ticken der alten Uhr, unterbricht die drückende Stille, die im Wohnzimmer herrscht, dem blutbefleckten Schauplatz, in dem Licht und Schatten mit den vorbeiziehenden Wolken rasch wechseln.

Das Telefon klingelt unvermittelt. Eine Männerstimme fragt nach Fräulein Constanze.

»Sie ist nicht zu Hause«, teilt ihm Ennio mit. »Wer spricht?«

»Ein Freund. Guten Tag.«

Ein Klicken. Stille, Ennio betrachtet den Hörer. Benommen versucht er, die Situation zu überblicken: er lebt, während es zwei Leichname, zwei Ermordete gibt, Constanze und Attilio. Er muß sich beherrschen, darf sich nicht verraten, keinen Fehler begehen, muß versuchen herauszubekommen, was geschehen ist.

Als das Telefon wieder läutet, hat Ennio das Gefühl, daß ihn jemand überwacht, ihn verfolgt. Er zittert vom Kopf bis zu den Füßen, während er mit erstickter Stimme stottert: »Ja?«

»Endlich erreiche ich dich, ich suche dich seit heute morgen. Um wieviel Uhr ist die Aufnahme?«

»Ach, Lia ... Wenn du wüßtest, was hier geschehen ist!«

»Was denn? Was ist los? Constanze?«

»Nicht Constanze, Attilio. Er liegt hier, auf dem Fußboden. Überall ist Blut.«

»Und Constanze?«

»Hat gestern abend das Haus verlassen und ist nicht wiedergekommen. Attilio ist tot. Ich bin nach Hause gekommen und habe vor dieser Bescherung gestanden.«

»Und wo warst du?«

»In Parma.«

»Ruf die Polizei an! Ich komme sofort.«

»Ich habe sie schon angerufen. Ich höre einen Wagen. Vielleicht sind sie es. Bleib am Apparat!«

10. Kapitel

Nachdem Kommissar Velatti und Inspektor De Antonellis Ennio fünfzehn Minuten lang Fragen gestellt und das Haus in Augenschein genommen haben, beschließen sie, ihren Vorgesetzten telefonisch zu verständigen: den Doktor Andreoli.

Sie brauchen unbedingt einen Sachverständigen: für gewöhnlich haben sie mit Hühner- oder Kaninchendiebstählen, mit einem vergifteten Hofhund, mit einem Streit unter Nachbarn zu tun: Lappalien im Vergleich zu dem Blutbad, vor dem sie in diesem Haus stehen.

Als Velatti das Gespräch von 15.05 Uhr entgegengenommen hatte, hat er dem Inspektor gesagt: »Hör dir doch den Kerl an! Entweder ein Verrückter oder ein Spaßvogel, der uns nach Montalto jagen will. Wir werden trotzdem hinfahren und ihm beibringen, daß er diese Späße lieber unterlassen sollte. Vorausgesetzt, daß wir diesen Ennio Ciani überhaupt im Haus Adriana vorfinden. Wer ist das eigentlich?«

»Wohnt in diesem Haus nicht diese Wissenschaftlerin? Die Enkelin der Professorin, die vor zwei oder drei Jahren gestorben ist?«

»Richtig. Stell dir das einmal vor! Ein Mord in Montalto! So etwas ist seit Menschengedenken nicht vorgekommen.«

Kommissar Velatti hat sich widerwillig ins Auto gesetzt, sich die Strafpredigt für Ciani zurechtgelegt und De

Antonellis, der noch skeptischer ist als sein Vorgesetzter, hat ihn aus Pflichtgefühl begleitet.

Aber es gibt tatsächlich einen Toten.

Attilio Platoni, siebenundzwanzig Jahre alt, von Beruf Maler, Lebensgefährte der Besitzerin des Hauses, Doktor Constanze Pagani – die, wie Ennio Ciani, Freund des Toten und Gast des Hauses, behauptet, gestern das Haus verlassen hat, ohne anzugeben, wohin sie ging – ist tatsächlich ermordet worden.

Es handelt sich zweifellos um Mord: der junge Mann liegt mit durchschnittener Kehle auf dem Boden. Das Gesicht ist mit Glassplittern übersät, die noch in der Stirn, dem Hals, dem Kinn, den Lippen stecken: es ist kein Gesicht mehr, sondern eine blutüberströmte Maske; auch der Pyjama ist blutgetränkt.

Platoni war offensichtlich eben erst aufgestanden.

Der Mord ist bestimmt im Gewächshaus begangen worden, weil Velatti und De Antonellis dort eine Lache aus Blut und Wasser vorgefunden haben, in der Glassplitter liegen.

»Es war ein Hydrokulturgefäß«, hat Ennio erklärt. »Die Glassplitter stammen von der Kugel, die dort oben gestanden hat. Da drüben liegt ein Stück von der Pflanze.«

Ein Farn liegt auf dem Boden, als hätte man ihn weggeworfen, die Blätter sind welk, die Wurzeln reichen in die von Blut gerötete Flüssigkeit.

Velatti kann nicht anders, er muß die Vegetation bewundern. »Es ist sicherlich nicht der richtige Augenblick, aber ich muß sagen, daß dieses Gewächshaus eine wahre Pracht ist. So etwas habe ich noch nie gesehen.«

»Const ... Fräulein Pagani hat es betreut«, erklärt Ennio.

»Wir wissen, daß sie Botanikerin ist, wie ihre Großmutter.«

Sie untersuchen den Boden. Nach dem tödlichen Schlag hat sich Platoni anscheinend auf allen vieren aus dem Gewächshaus geschleppt, durch das Wohnzimmer, im Zick-Zack, als wäre er nicht mehr imstande gewesen, die Richtung einzuhalten: er hat versucht, das Telefon zu erreichen. Der Beweis für diesen Versuch ist die Blutspur, die vom Treibhaus ins Wohnzimmer führt und ungefähr einen Meter vor dem Telefontischchen endet.

Dort hat den jungen Mann die Kraft verlassen, er ist zusammengebrochen und gestorben.

Ennio Ciani hat ausgesagt, daß er seinen Freund mit dem Gesicht auf dem Boden vorgefunden und ihn automatisch umgedreht hat, um zu sehen, ob er noch atmet, und um ihm, wenn möglich, zu helfen. Deshalb liegt der Leichnam jetzt auf dem Rücken.

Die oberflächliche Untersuchung, die Velatti und De Antonellis durchführen können, ergibt zweifelsfrei, daß Attilio Platoni verblutet ist. Die tiefste, wahrscheinlich tödliche Wunde ist die an der Kehle.

Die beiden Polizisten nehmen an, daß jemand Platoni das Glasgefäß ins Gesicht geworfen hat. Aber diese Theorie ist unhaltbar: der Boden des Gefäßes steht noch auf dem Regal.

Wahrscheinlich ist die Vermutung, daß jemand auf die Kugel geschossen und sie zertrümmert hat. Oder jemand hat einen stumpfen Gegenstand auf die Glaskugel geschleudert, so daß die Scherben Attilio Platoni ins Gesicht gedrungen sind.

Viele Fragen bleiben jedoch offen: wer ist dieser Jemand, wo befinden sich die Geschosse? Oder der stumpfe Gegenstand?

Ennio Ciani behauptet, daß er kurz vor fünfzehn Uhr nach Hause zurückgekehrt ist; er ist um acht Uhr dreißig nach Parma gefahren, hat zwischen zehn und dreizehn

Uhr die Galerie Asteroide nicht verlassen, in der er einige Bilder ausstellen will, hat dann in der Milchhandlung, die sich im gleichen Haus wie die Galerie befindet, Milch, Brot, Schinken und Käse gegessen. Dort ist er bis dreizehn Uhr dreißig geblieben und dann nach Montalto zurückgefahren.

»Haben Sie Zeugen dafür?«

»Der Besitzer der Galerie, Cavaliere Benincasa, hat mit mir gesprochen. Es waren auch andere Personen dort, die ich jedoch nicht kenne. Man wird sie aber sicherlich ausforschen können. Ach ja, ich habe die Sekretärin der Galerie vergessen. Sie heißt Maria Luigia. Den Familiennamen kenne ich nicht.«

»Und nach dreizehn Uhr?«

»Die Besitzerin der Milchhandlung hat mich persönlich bedient. Am besten, Sie fragen sie sofort, solange sie sich noch an die heutigen Kunden erinnert.«

Wenn Ennio Ciani ein Alibi hat, wenn die genannten Personen seine Angaben bestätigen, hat er nichts zu befürchten.

»Doktor Andreoli wird Ihnen sicherlich noch weitere Fragen stellen wollen.«

Ennio breitet resignierend die Arme aus.

Velatti und De Antonellis sehen sich noch ein wenig um. Merkwürdigerweise gibt es keinerlei Hinweis auf einen Kampf. Das Wohnzimmer sieht aus, als wäre es eben erst aufgeräumt worden. Kein Möbelstück ist verschoben. Kein Stuhl ist umgefallen, kein Bild hängt schief, kein Aschenbecher liegt auf dem Boden.

»Haben Sie hier etwas verändert?«

»Nein, überhaupt nichts. Sobald ich begriffen hatte, daß ich Attilio nicht mehr helfen kann, habe ich Sie angerufen. Ich weiß genau, daß man nichts anrühren darf.«

»Ich halte es für unumgänglich notwendig, daß wir die

Hausherrin finden. Wir müssen wissen, wo sich Doktor Pagani gestern abend und heute früh aufgehalten hat, warum sie das Haus verlassen und wohin sie sich begeben hat.« Velatti wendet sich an Ennio. »Welche Beziehungen bestanden zwischen Doktor Pagani und Platoni?«

Ennio antwortet einfach, als wäre es selbstverständlich: »Sie waren ein Paar.«

»Haben sie gestritten?«

»Ich hatte nicht den Eindruck. Aber ich war nur ein zufälliger Gast in diesem Haus und wohne erst seit zwei Monaten hier. Wenn sie gestritten hätten, hätten sie es bestimmt nicht vor mir getan.«

»Richtig«, bemerkt Velatti zustimmend.

»Natürlich«, bestätigte De Antonellis.

Während die beiden auf Doktor Andreoli warten, durchsuchen sie das Haus noch einmal genauer. Ennio muß sie durch alle Räume begleiten.

Sie verlassen das Zimmer und damit den blutbespritzten Schauplatz.

Attilios Leichnam in dem blauen, dunkelrot befleckten Pyjama liegt auf dem dunkelbraunen Boden wie ein großer Roboter, den man abgeschaltet hat. Das Licht der langsam untergehenden Sonne spiegelt sich in den Marmorfliesen, der Schatten, den der Körper wirft, wird immer länger.

Die Fauteuils, die Kissen, der Teppich, der Eßtisch, die Stühle, der Schreibtisch atmen die Ruhe eines alltäglichen Märznachmittags.

Im Gewächshaus glänzen die Pflanzen grün; sie wissen nichts von der Tragödie, die sich zwischen ihnen abgespielt hat; ihnen ist offensichtlich auch das Schicksal ihres Gefährten, des riesigen Farns, gleichgültig, der jetzt wie Attilio tot und blutbesudelt auf dem Boden liegt.

11. Kapitel

Die sterblichen Überreste von Attilio Platoni sind ins Leichenschauhaus gebracht worden. Die Autopsie soll Aufschluß über die Todesursache und -zeit geben.

Überall sind Blutproben entnommen worden: vom Fußboden des Gewächshauses; vom Fußboden des Eßzimmers; vom Pyjama des Opfers. Man will untersuchen, ob die jeweiligen Blutgruppen mit der Platonis übereinstimmen. Wenn sich bei der Untersuchung herausstellt, daß es sich um verschiedene Blutgruppen handelt, ist anzunehmen, daß der Tod infolge eines blutigen Handgemenges eingetreten ist. In diesem Fall ist es möglich, daß ein oder mehrere Unbekannte während der Auseinandersetzung verletzt wurden.

Die Techniker haben überall Fingerabdrücke abgenommen und auch Lippenabdrücke von der halbvollen Kaffeetasse, die auf dem Küchentisch stand.

Alle Bruchstücke des Gefäßes sind eingesammelt worden, damit man feststellen kann, ob das Glas von einer Kugel oder einem stumpfen Gegenstand getroffen wurde: obwohl man nichts gefunden hat, ist es durchaus möglich, daß der Täter die Geschosse aus dem Haus entfernt hat. Obwohl diese Hypothese eigentlich auszuschließen ist, werden die Techniker auch untersuchen, ob das Gefäß vielleicht direkt auf Platoni geschleudert wurde.

Doktor Andreoli begnügt sich jedoch nicht mit diesen Maßnahmen. Er verlangt, daß auch die Flüssigkeit untersucht wird, die sich in dem Boden der Kugel befindet, der noch auf dem Regal steht. Es handelt sich um blaugrünes, ein wenig trübes Wasser.

Doktor Andreoli möchte wissen, ob vielleicht eine Substanz in das Wasser getan wurde, die zu einer chemischen Reaktion mit dem Wasser- und dem Sauerstoff und dadurch zu einer Explosion geführt hat.

Vorläufig verschweigt Andreoli den Journalisten und den Neugierigen, daß er diese Analyse vornehmen läßt, denn er hat eine etwas kühne Hypothese aufgestellt. Er will sich nicht vor der Öffentlichkeit lächerlich machen, wenn sich herausstellt, daß er sich auf dem Holzweg befunden hat: niemand ist bis jetzt auf die Idee gekommen, daß das Wasser in Hydrokulturen explodieren könnte.

Das Haus Adriana ist amtlich versiegelt worden.

Als Doktor Andreoli, Kommissar Velatti, Inspektor De Antonellis und der Polizist Rubino ihre Arbeit beendet hatten, warfen sie einen letzten Blick ins Wohnzimmer: die Kreidelinie, die die Stelle markiert, an der der Leichnam gelegen hatte, hob sich weiß von dem glänzenden, dunklen Boden ab, in dem sich zwischen den Blutflecken der Kristalluster spiegelte.

»Das ist alles, was von einem Menschen übrigbleibt«, hatte Rubino bemerkt. »Ein grober Umriß aus Kreide.«

Von den Pflanzen im Gewächshaus konnten sie nur diejenigen erkennen, die in der Nähe der Tür standen; die übrigen verloren sich in der Dunkelheit.

»Das Gewächshaus sieht aus wie ein botanischer Garten in Miniatur«, hatte Rubino festgestellt.

»Es wird ja auch von einer richtigen Wissenschaftlerin, der Frau Doktor Pagani, betreut«, war De Antonellis' Antwort gewesen.

Sie hatten das Licht abgeschaltet und das Haus verlassen, das jetzt in tiefe Dunkelheit getaucht war. Es duckte sich förmlich hinter die Zweige der Eichen, der Trauerweiden und der Linden, als wolle es sich vor Fremden verstecken. Die Glasscheiben des Gewächshauses waren jedoch deutlich sichtbar: das Mondlicht fiel auf die glatte Oberfläche und spiegelte sich in ihr.

Rubino hatte das Gebäude aufmerksam betrachtet. »Es sieht aus, als würde drinnen Licht brennen.«

»Ein so ruhiges Haus und ein so grausames Verbrechen«, hatte Andreoli geseufzt.

Rubino hatte sich instinktiv umgesehen und gemurmelt: »Wer weiß, wo sich Fräulein Pagani jetzt aufhält.«

Er hatte die kühle Nachtluft in tiefen Zügen eingeatmet, während er zum Himmel hinaufblickte, und in diesem Augenblick war weit oben in der Finsternis etwas Ungewöhnliches auf dem klaren Nachthimmel aufgetaucht: ein leuchtender Hof, der von einem kreisförmigen Gegenstand auszugehen schien.

Rubino hatte sofort darauf gezeigt: »Sehen Sie dorthin!«

Einen Sekundenbruchteil lang hatte er den Eindruck gehabt, daß der Gegenstand senkrecht über ihm angehalten hätte.

»Was ist los? Wo sehen Sie etwas?« hatte Andreoli gefragt.

Auch die übrigen hatten den Himmel abgesucht, aber ohne Erfolg.

»Ich sehe jetzt nichts mehr, aber es war etwas da: ein phosphoreszierendes Licht, als würde ein Lichtstrahl auf eine goldene Oberfläche auftreffen.«

»Du bist müde, Rubino, das ist alles. Wir sind auch erschöpft.«

Der junge Polizist hatte sich ein bißchen beschämt die Augen gerieben. »Ja, ich bin wirklich müde. Trotzdem ...«

Andreoli, der schon ins Auto stieg, hatte ihn unterbrochen: »Komm schon, es ist spät! Wir haben alle noch nichts gegessen. Und der Hunger spielt uns manchmal merkwürdige Streiche.«

Dann waren auch die übrigen eingestiegen. Der Wagen hatte sich in Bewegung gesetzt und war um die Kurve verschwunden.

Auch die Menschen, die vor den Fernsehapparaten saßen, in denen ein Film über die Abenteuer eines Raumschiffes lief, hatten den goldenen Gegenstand nicht gesehen, der in einem Lichthof durch den Raum schwebte.

12. Kapitel

HAUS IN MONTALTO IM MITTELPUNKT EINER GEHEIMNISVOLLEN MORDAFFÄRE.

Amadeus ist ausgegangen, um Lebensmittel und eine Zeitung zu kaufen. Wie üblich überfliegt er die Schlagzeilen auf der ersten Seite, bevor er die Zeitung zusammenfaltet und in die Tasche steckt.

Als er den Namen Montalto sieht, zuckt er zusammen, bleibt stehen und liest den Artikel.

Er erfährt überraschend, daß Attilio Platoni im Haus Adriana ermordet, daß Ennio Ciani als Verdächtiger verhaftet worden, und daß Constanze Pagani unauffindbar ist.

Da dem Redakteur der *Gazetta di Parma* zu wenig Tatsachen bekannt sind, hat er seiner Phantasie freien Lauf gelassen. Als Motiv für den Mord hat er sich eine künstlerische Auseinandersetzung zwischen den beiden jungen Malern einfallen lassen, heftige Diskussionen, die zu einem wütenden Streit und schließlich zur Bluttat geführt haben.

Auch Constanze gegenüber deutet die Zeitung – allerdings vorsichtig – ein paar Verdachtsmomente an. Das Mädchen könnte den Geliebten ermordet haben, weil er es nicht mehr liebte, weil er eine andere hatte. Frau Doktor Pagani hat in einem Anfall von Eifersucht ein großes Glasgefäß nach Platoni geworfen.

Die Zeitung widmet dem Ereignis drei Spalten. Sie betont, wie ungewöhnlich es ist, weil es sich in einem Ort ereignet hat, in dem ausschließlich ruhige, arbeitsame, gesetzestreue Bürger wohnen.

Um den guten Ruf des Ortes zu schützen, weist der Redakteur darauf hin, daß Attilio aus Lavagna und Ennio aus Livorno stammen. Er erwähnt Constanzes Geburtsort nicht, sondern nur die Tatsache, daß sie am Botanischen Institut arbeitet.

»Haben Sie den Artikel gelesen, Doktor?«

Bei der Frage des Zeitungsverkäufers zuckt Amadeus zusammen. Obwohl er mit der Lektüre fertig ist, ist er mit der Zeitung in der Hand stehengeblieben und hat ins Leere gestarrt. Er dreht sich zum Sprecher um, aber inzwischen sind neue Kunden eingetroffen, und der Zeitungsverkäufer beachtet ihn nicht mehr.

Schließlich reißt sich Amadeus zusammen und setzt sich energisch in Bewegung. Allmählich wird er jedoch langsamer, denn er weiß nicht, was er tun soll. Soll er Constanze die Zeitung sofort zeigen, soll er ihr zuerst von der Meldung erzählen, soll er es ihr schonend beibringen, oder soll er sich doch lieber an die Polizei wenden?

Constanze hat ihm verboten, sich mit der Polizei in Verbindung zu setzen: aber jetzt hat sich die Lage entscheidend verändert. Der Mann, der geglaubt hatte, daß er das Mädchen getötet hat, ist ermordet worden.

Anscheinend wurde er von seinem Freund ermordet, der ihn beim Angriff auf Constanze unterstützt hat.

Wahrscheinlich sind die beiden Männer einander in die Haare geraten, als sie den Besitz des Mädchens teilen wollten: ein bißchen Geld, die wenigen Wertgegenstände, die Halskette, das Armband ... vielleicht sogar das Haus, wer weiß.

Amadeus gerät wieder in Zorn, als er den Artikel noch einmal überfliegt: die arme Constanze verdient diese Unterstellungen nicht. Sie ist das ursprüngliche Opfer. Sie ist zufällig, glücklicherweise, durch ein Wunder am Leben.

Amadeus geht mechanisch zu seinem Haus zurück. Er hat Constanze alleingelassen; sie liegt im Bett. An diesem Morgen hat sie weder Lust noch die Kraft gehabt, aufzustehen. Sie hat Fieber bekommen. Außerdem steht sie noch unter Schock: sie hat ein psychisches Trauma erlitten, das vielleicht noch Folgen haben wird.

Tags zuvor gegen drei Uhr nachmittags hat Amadeus im Haus angerufen. Als er Constanze berichtet, was Ennio gesagt hat, hat sie einen hysterischen Anfall bekommen.

»Warum dürfen *sie* in *meinem* Haus bleiben«, hat sie geschrien, »und ich liege hier, von ihnen zusammengeschlagen, und muß mir anhören, daß *ich* mich entschlossen habe, das Haus zu verlassen.«

Amadeus hat gewartet, bis sie sich ausgetobt hat. Dann hat er sie getröstet und beruhigt. Und schließlich, als ihr Zorn gänzlich verraucht war, hat er ihr noch einmal geraten, die Polizei zu verständigen.

Constanze hat ihn lange mit ihrem offenen Auge angesehen. Dann hat sie kalt und unerschütterlich geantwortet:

»Das ist nicht notwenig. Heute befinden sich die beiden noch in meinem Haus, aber sie bleiben nicht mehr lange dort.«

Beim Gemüsehändler kauft Amadeus die Orangen, die Constanze haben möchte. Er versucht immer noch, eine Antwort auf die Frage zu finden, die der rätselhafte Ausspruch des Mädchens in ihm geweckt hat. Aber er versteht nicht, was sie damit sagen wollte, und begreift auch nicht, worauf sie sich bezogen hat.

Dann beeilt er sich, nach Hause zu kommen. Er muß sich vergewissern, daß seine junge Freundin den Tee getrunken hat, der in einer Thermosflasche auf dem Nachtkästchen steht, daß sie gut geschlafen hat, daß sie sich besser fühlt.

Er stellt die Einkäufe in der Küche ab und ruft Constanze durch die offene Tür zu, daß er ihr Orangen gebracht hat. Dann legt er die Zeitung in eine Schublade. Er weiß noch nicht, wie er sich verhalten soll.

Amadeus pfeift vor sich hin, während er durch den Korridor zu Constanzes Zimmer geht. Auf einem Tablett trägt er drei Orangen, ein Glas, eine Flasche Mineralwasser und ein paar Papierservietten. Er eignet sich nicht sehr gut zum Kellner, und als er das Zimmer betritt, gerät das Tablett gefährlich ins Schwanken.

Constanze liegt auf dem Bauch und hat den Kopf im Kissen vergraben. Sie schluchzt so heftig, daß ihre Schultern beben.

Amadeus läuft zu ihr, zwingt sie, sich umzudrehen. Ihr freies Auge unter dem dicken Verband, der die Stirn bedeckt, ist trocken.

»Was ist geschehen? Fühlst du dich nicht gut? Was ist los, Constanze?«

Das Transistorradio, das er ihr in die Hand gedrückt hat, damit sie ein bißchen Musik hören kann, liegt auf dem Teppich, läuft aber noch und bringt Schlagermusik.

Constanze versucht zu sprechen, wegen des Schluchzens gelingt es ihr aber nicht. Ihre Zähne schlagen aufeinander, sie zeigt auf das Radio.

Amadeus bückt sich und hebt es auf. »Weinst du wegen des Radios? Ihm ist überhaupt nichts passiert, es geht tadellos.«

Amadeus schaltet den Apparat ab.

Das Mädchen schüttelt den Kopf. Es zittert am ganzen Körper und läßt das Radio nicht aus den Augen. Plötzlich begreift Amadeus: Constanze hat die Nachrichten gehört.

Er streichelt ihr über die Haare, nimmt ihre Hand in die seine und erinnert sie daran, daß sie Fieber hat und daß sie sich nicht aufregen soll. Er steckt ihr ein leichtes Beruhigungsmittel in den Mund und zwingt sie, es mit ein paar Schluck Tee hinunterzuspülen.

Constanze gehorcht. Endlich ist sie imstande zu antworten. Sie stammelt mühsam:

»Attilio ist … ist getötet worden.«

Amadeus antwortet bedrückt: »Ja, ich weiß. Ich weiß alles.« Dann schiebt er ihr die Kissen zurecht. »Denk nicht mehr daran, versuch zu schlafen, wir werden später darüber sprechen.«

»Nein«, stöhnt Constanze. Und jetzt löst sich der Anfall endlich in Tränen auf. »Ich hätte nie geglaubt, daß Ennio so schlecht sein kann.«

»Schlaf, Liebes, schlaf!« wiederholt Amadeus. »Du brauchst jetzt vor allem Ruhe.«

Constanze entspannt sich, schließt die Augen und seufzt tief. Amadeus zieht geräuschlos die Vorhänge zu, so daß im Zimmer Dämmerlicht herrscht.

Er verläßt den Raum auf den Zehenspitzen, betritt sein Arbeitszimmer, schließt die Tür hinter sich und wählt am Telefon Flavios Nummer.

13. Kapitel

Ennio ist bereit, rückhaltslos mit den Behörden zu kooperieren: er liefert bereitwillig jede gewünschte Information und nennt die Namen von Personen, die seines Wissens mit Attilio und Constanze in Verbindung stehen. Er wiederholt jedoch immerzu, daß er keine Ahnung hat, wer einen Grund gehabt haben könnte, seinen Freund Attilio zu töten.

Lia Vercesi, Mannequin und Fotomodell, fünfundzwanzig Jahre alt, ehemalige Schulgefährtin von Constanze und ihre beste Freundin, beschreibt Attilio als unausgeglichen, jähzornig und unbeständig; er sah gut aus und war gewöhnt, die Menschen, vor allem die Frauen, durch seine großartigen Reden zu beeindrucken. Attilio benützte oft die Tatsache, daß er ein Findelkind war, um seine Zuhörer für sich einzunehmen. Er erzählte jedem, daß er drei Mal aus dem Waisenhaus davongelaufen war, weil er das strenge Regiment der verständnislosen, uneinsichtigen Leiter nicht mehr ertrug. Aber er wurde jedes Mal von der Polizei erwischt und wieder in diesen Kerker zurückbefördert.

Lia schüttelt den Kopf und schiebt mit den Fingern eine tizianrote Locke aus der Stirn.

»Und dann?« fragt Doktor Andreoli.

»Mit sechzehn hat Attilio als Schiffsjunge auf einem Handelsschiff angeheuert. In seiner Freizeit hat er gemalt und gezeichnet. Und weil ihm der Bootsmann versichert hatte, daß er der geborene Maler sei, hat er sich gänzlich darauf umgestellt. Nach der ersten Reise ist er nach Lavagna zurückgekehrt und hat nicht mehr angeheuert. Er war entschlossen, Maler zu werden. Er hat sich mehr schlecht als recht durchgeschlagen, gelegentlich ein Bild verkauft, hat immer wieder den Wohnort gewechselt und auch für eine Kunsthandlung in Parma Kopien nach berühmten Gemälden von Correggio, Raffael usw. angefertigt. Meist hat er aber auf Kosten anderer gelebt, hat ständig Schulden und, wie er behauptet, auch Pech in der Liebe gehabt. Dann hat er Constanze getroffen und damit hat sich sein Leben verändert.«

»Wissen Sie vielleicht, wie die beiden einander kennengelernt haben?«

»Constanze hat mir erzählt, daß sie einander in einer Galerie in Parma begegnet sind. Meine Freundin hat sich leider ernsthaft in diesen Kerl verliebt. Sie hat ihn bei sich aufgenommen, teils, weil sie ihn mochte, teils aus Mitleid. Außerdem lebte sie seit dem Tod ihrer Großmutter allein in dem Haus und litt unter der Einsamkeit. Die Affäre mit Platoni hat ungefähr vor einem Jahr begonnen. Ja, richtig, es war Karneval, daß weiß ich noch.«

»Und womit hat Platoni seinen Lebensunterhalt verdient, nachdem er in die Villa Adriana übersiedelt ist?«

Lia beantwortet diese Frage nicht sofort: sie sucht etwas in ihrer Handtasche. Sie kramt in den einzelnen Fächern herum, fischt einen Reißverschluß heraus, fördert schließlich ein Päckchen Zigaretten zutage und fragt, ob sie rauchen darf. Rubino hält ihr das Feuerzeug hin. Lia zündet die Zigarette an, zieht den Rauch in die Lungen und sagt endlich: »Er hat gemalt ... manchmal ... Aber vor allem«, fügt sie errötend hinzu, entschlossen, alles zu sagen, »hat ihm Constanze alles gegeben, was er wollte. Durch ihre Arbeit verdiente sie ja gut.«

»Sie wollen damit zu verstehen geben, daß Platoni sich von dem Mädchen aushalten ließ.«

»Wenn Sie es so ausdrücken wollen ... Constanze tat es jedoch gern. Sie wollte Attilio auch deshalb finanziell unterstützen, damit er sich ausschließlich der Malerei widmen konnte und keinen Brotberuf annehmen mußte.«

»Die beiden haben einander also gut verstanden?«

»Sie hat mir nie von einem Streit erzählt. Constanze hatte ihn sogar so gern, daß sie in der letzten Zeit den gesamten Schmuck verkauft hat, den sie von ihrer Großmutter geerbt hatte.«

»Hat es sich um wertvollen Schmuck gehandelt?«

»Ich glaube schon. Japanische Perlen, ein Saphir, ein Diamantenkollier ... und noch ein paar Stücke. Constanze hat nur zwei Gegenstände behalten: eine schöne geflochtene Goldkette und ein dazu passendes Armband. Sie hatte auch dazu passende Ohrringe, doch die hat sie verkauft, weil sie sie nie trug. Die Kette und das Armband trägt sie jedoch immer, sie behauptet, daß sie ihr Glück bringen. Sie sind ebenfalls ein Erbstück.«

Rubino bittet um die Erlaubnis, eine Frage zu stellen, und Andreoli nickt.

»Wo hält sich Ihrer Meinung nach Ihre Freundin jetzt auf?«

Lia wendet sich mit ihrer Antwort an beide Beamten: »Ich kann mir dieses unerwartete Verschwinden nicht erklären. Ich hatte vor drei Tagen, Sonntag nachmittag, mit Constanze telefoniert, und sie hat nichts davon erwähnt, obwohl sie das Haus am gleichen Abend verlassen hat. Ich habe keine Ahnung, wo sie sich versteckt haben könnte. Allerdings muß ich zugeben, daß Constanze immer wieder etwas Unüberlegtes tut. Auch der Entschluß, Attilio in ihr Haus aufzunehmen, kam völlig überraschend. Sie kannte ihn damals erst seit drei Wochen. Ich hatte ihr geraten, noch zu warten, ihn genauer kennenzulernen, aber sie hat nicht auf mich gehört. Sie ist impulsiv und unberechenbar.«

Andreoli wechselt das Thema. »Gab es außer Ihnen noch weitere regelmäßige Besucher im Haus Adriana?«

»Seit Constanze mit Attilio zusammengelebt hat, war ich die einzige. Vorher hatte sie häufig Besuch, Kollegen vom Institut, ehemalige Studiengefährten ... Ach ja, und auch ein ehemaliger Freund ihrer Großmutter, ein etwa fünfundsechzig Jahre alter Herr, ein gewisser Amadeus. Ich kenne nicht einmal seinen Familiennamen. Die Großmutter nannte ihn immer nur Amadeus, genau wie Constanze. Er ist Chemiker und vielleicht schon in Pension. In letzter Zeit habe ich ihn nicht mehr gesehen. Er wohnt in Parma.«

»Und was können Sie uns denn über Ennio Ciani sagen?«

Lias Antwort kommt wie aus der Pistole geschossen, als hätte sie sich ihre Aussage zurechtgelegt. »Er ist ein anständiger Mensch. Gelegentlich stehe ich ihm Modell. Er behauptet, daß mein Gesicht und die Farbe meiner Haare in seine Bilder passen. Aber ...«, schließt sie lächelnd, »auf seinen Bildern erkenne ich mich nie wieder. Er malt meine Haare feuerrot oder violett.«

Rubino mustert Lias Haarflut und flüstert »Ein Jammer«, Andreoli beachtet ihn nicht und fährt fort. »Wieso wohnt er ebenfalls im Haus?«

»Er hat vor ungefähr zwei Monaten das Zimmer gemietet, das auf die Terrasse hinausgeht. Attilio hat ihn mitgebracht. Die beiden waren gute Freunde.«

»Was ist er von Beruf?«

»Ennio? Er malt, sonst macht er nichts. Wenn er Geld braucht, betätigt er sich handwerklich: er fädelt Perlen

auf, versieht Taschen mit Verschlüssen ... Sie wissen ja, Heimarbeit, die per Stück bezahlt wird.«

Doktor Andreoli fährt sich über den Bart, während er überlegt. Dann schiebt er die Brille zurecht und meint vorsichtig: »Beantworten Sie bitte meine nächste Frage nach bestem Wissen und Gewissen, Fräulein Vercesi. Es handelt sich um Ihre persönliche Meinung, die Sie dem Menschen, nicht dem Beamten Andreoli mitteilen.« Aber er spricht nicht weiter.

»Fragen Sie nur!« fordert ihn Lia auf.

»Glauben Sie persönlich, als Freundin und Bekannte, daß Ennio Ciani oder Fräulein Pagani fähig wären, einen Menschen zu töten?«

»Um Himmels willen! Natürlich nicht. Ennio ist im Grund schwach und neurotisch und ordnet sich gern stärkeren Persönlichkeiten unter. Constanze ist ein herzensguter, großzügiger Mensch. Haben Sie sie nie gesehen? Sie ist zart, knapp einen Meter achtundfünfzig groß, hat schlanke, nervöse Hände und dünne Arme. Sie hätte nicht einmal die dafür erforderliche Körperkraft.«

»Ich danke Ihnen. Dennoch hoffe ich, daß ich Fräulein Pagani bald kennenlernen kann, denn meiner Meinung nach hat sie uns viel zu erzählen.«

»Falls sie mich anruft, verständige ich Sie sofort. Sie wird sich bestimmt bei mir melden.«

Nachdem Lia Vercesi das Büro verlassen hat, sehen Andreoli und Rubino einander vielsagend an.

»Ein verdammt hübsches Mädchen. Kaum einen Meter sechzig groß.«

Rubino lächelt. »Ihre Augen leuchten wie Rückstrahler. Allerdings wie grüne.«

Simonetta Schiavin, brünett, rotbackig, rundlich, arbeitet gemeinsam mit Constanze am Botanischen Institut und hat keine Ahnung, wohin das Mädchen verschwunden sein könnte. »Sie hat nicht einmal das Sekretariat angerufen und ihr Fernbleiben begründet«, erklärt sie beinahe ungläubig.

»Es ist also ungewöhnlich, daß sie nicht zur Arbeit kommt«, schließt Andreoli.

»Sie kommt sogar, wenn sie krank ist. Sie nimmt ihre Arbeit sehr ernst und hat Freude daran. Selbst beim Mittagessen ist sie in Gedanken immer noch im Laboratorium, statt sich mit uns zu unterhalten.«

Simonetta Schiavin weiß nicht viel über Constanzes Privatleben, außer daß sie seit ungefähr einem Jahr mit dem Maler Attilio Platoni zusammenlebt. »Soviel ich weiß, ein gutaussehender junger Mann.«

Vladimir Lamberti, der Leiter des Instituts, die verschiedenen Botanikprofessoren und die Assistenten bestätigen ausnahmslos, daß Frau Doktor Pagani eine wertvolle Mitarbeiterin ist. Sie sind über ihr plötzliches, ungerechtfertigtes Ausbleiben verblüfft.

Keiner von ihnen kennt Attilio Platoni persönlich. Der Institutsleiter erinnert sich, daß er ihn einmal gesehen hat: er stand vor dem Tor des Instituts und wartete auf Constanze.

»Ein großer, braunhaariger, gutaussehender junger Mann.«

Sie waren Arm in Arm davongeschlendert. Nein, der Junge hatte Constanze um die Taille gefaßt. Dieser Vorfall liegt etwa sieben, acht Monate zurück.

Auch der Gärtner hat ihn gesehen. »Er hat gelegentlich das Auto von Frau Doktor Pagani benützt«, erklärt er bestimmt. »Sie hatte mir gesagt, daß er ihr Freund ist und daß ich ihm das Auto geben soll. Seit einigen Monaten kommt er jedoch nicht mehr.«

»Kurz«, faßt Andreoli später zusammen, »dieser Platoni hatte außer Ennio Ciani keine Freunde. Abgesehen von Lia Vercesi hat ihn niemand gekannt.«

»Und abgesehen von Barkeepern und Restaurantbesitzern in der Umgebung. Es sieht so aus, als wäre er ein eifriger Besucher der umliegenden Lokale gewesen«, stellt Rubino richtig, der seine Notizen ordnet.

Eine Stunde später unterzeichnen Velatti und De Antonellis das Protokoll über Ennio Ciani.

Drei Tage danach erhalten sie die Ergebnisse der Laboranalysen.

Alles in allem ergibt sich folgendes:

- Die von Ennio Ciani angebotenen Alibis sind unanfechtbar und betreffen die Zeit von neun Uhr dreißig bis dreizehn Uhr dreißig am Montag, den 22. März;
- Attilio Platoni ist an dem Blutverlust gestorben, den er infolge der zahlreichen Verletzungen der Halsschlagader erlitten hat;
- der Tod ist am Montag, den zweiundzwanzigsten März, zwischen zehn Uhr vierzig und elf Uhr innerhalb von zehn Minuten eingetreten. Um diese Zeit befand sich Ciani in der Galerie Asteroide und unterhielt sich mit Cavaliere Benincasa in Anwesenheit der Sekretärin Maria Luigia Patori; im Sekretariat der Galerie sind vier Gemälde eingetragen, die Ciani an diesem Tag abgegeben hat;
- das Glasgefäß wurde weder von einem Geschoß noch von einem stumpfen Gegenstand getroffen; es wurde auch von niemandem auf Platoni geschleudert;
- das Gefäß ist aus unbekannter Ursache von selbst zersprungen;
- die im Haus sichergestellten Fingerabdrücke stammen von Platoni und Ciani; ferner hat man die Abdrücke

von zierlichen Frauenfingern gefunden, die wahrscheinlich von der Hausherrin stammen;
- die Lippenabdrücke auf der Kaffeetasse stammen von Platoni;
- die einzelnen Blutproben weisen die gleiche Blutgruppe wie das Opfer auf.

Doktor Andreoli öffnet ein versiegeltes Kuvert, auf dem »Persönlich« steht. Das chemische Laboratorium des Botanischen Instituts schickt ihm das Ergebnis der Analyse der Flüssigkeit, die sich im Fragment der Glaskugel befand. Sie besteht aus Wasser, dem Stickstoff, Kalium, Phosphor, Eisen und Stärke beigesetzt wurde, also lauter Elemente, die in der Hydrokultur Anwendung finden.

Der Leiter des Laboratoriums, Professor Vladimir Lamberti, hat eine persönliche Notiz hinzugefügt: »Ich persönlich bin der Meinung, daß die Wurzeln des Farns, einer bekannt kräftigen Pflanze, infolge des starken Wachstums zunächst Sprünge im Gefäß verursacht haben, die dann dazu geführt haben, daß die Kugel plötzlich zerplatzte. Ein Anstieg der Außentemperatur kann auch dazu beigetragen haben. Wir haben festgestellt, daß das Glas Materialfehler aufwies.«

Andreoli sagt sich: Es war also doch gut, daß ich meine Theorie von den explodierenden Atomen niemandem gegenüber erwähnt habe. Das wäre ein gefundenes Fressen für die Journalisten gewesen.

Er steckt den Brief ein und sagt zu Rubino: »Eine Luftblase, ein Fabrikationsfehler im Glas des Behälters, der daraufhin dem Druck der Wurzeln nicht standgehalten hat.«

»Das war es also?«

»Behaupten jedenfalls die Wissenschaftler. Kurz und gut, es gibt keinen Mörder.«

Rubino überlegt laut: »Ein Mordfall, der keiner ist.

Um so besser. Aber es ist wirklich ein unglücklicher Zufall: eine Luftblase im Glas ...«

»Für uns ist die Angelegenheit damit jedenfalls abgeschlossen.«

Sie teilen Ennio mit, daß er von jedem Verdacht reingewaschen ist und daß der Untersuchungsrichter den Entlassungsbefehl unterschrieben hat. Ennio lächelt müde. Er hat violette Schatten unter den Augen, ist unrasiert, und seine Wangen sind eingefallen.

»Hier sind Ihre Sachen: Schlüssel, Gürtel, Brieftasche«, zählt Andreoli auf. »Wollen Sie sich rasieren, bevor Sie nach Hause zurückkehren?«

»Nein, danke.«

»Ich begreife, daß Sie der tragische Tod Ihres Freundes erschüttert hat, Herr Ciani. Aber nehmen Sie sich zusammen. Der Unfall betrifft nicht nur Sie. Denken Sie doch an das arme Fräulein Pagani: wie wird ihr zumute sein, wenn sie erfährt, was für ein schreckliches Ende ihr Geliebter gefunden hat?«

»Das Fräulein Pagani?« Ennio wird noch blasser. »Constanze ...« Er verschränkt die Arme auf dem Rücken, um ihr heftiges Zittern zu verbergen, blickt zu Boden und bestätigt verlegen: »Ach ja, sie hatten einander sehr gern.«

Er schweigt einige Augenblicke, dann wendet er sich der Tür zu und fragt: »Ich kann also gehen?«

»Eine letzte Empfehlung, zu Ihrer Sicherheit: Überprüfen Sie alle Gefäße. Das heißt, lassen Sie sie von einem erfahrenen Glasermeister überprüfen. Ich möchte nicht, daß noch eines zerspringt.«

Ennio verläßt das Zimmer beinahe im Laufschritt, ohne sich noch einmal umzudrehen, und die beiden Beamten sehen einander wortlos an.

Rubino ordnet Karteikarten ein und bemerkt dabei: »Der arme Junge ist vollkommen erledigt. Natürlich: sein

Freund stirbt auf so schreckliche Art, er wird verdächtigt, sitzt vier Tage in Untersuchungshaft.« Er zieht die Augenbrauen hoch: »Ob er in Constanze verliebt ist?«

»Ich habe auch schon daran gedacht. Als er von dem Mädchen gesprochen hat, ist er schneeweiß geworden.«

»Als hätte er etwas zu verbergen.« Rubino schüttelt lächelnd den Kopf. »Ja, ja, die Liebe.«

»Es ist trotzdem merkwürdig, daß das Fräulein Pagani nichts von sich hören läßt. Solange jedoch niemand eine Abgängigkeitsanzeige erstattet, ist das ihre Angelegenheit.«

15. Kapitel

»Wie spät ist es, Amadeus?«

Constanze sitzt im Arbeitszimmer in einem Fauteuil bei der Balkontür und zieht die Decke zurecht, die über ihren Beinen liegt.

Ihre Stirn steckt nicht mehr in einem Verband. Die eine Augenbraue ist von einem Pflaster bedeckt. Beide Augen sind frei: das linke ist noch halb geschlossen und von einem violetten Bluterguß umgeben, der allmählich ins Gelbgrüne übergeht. Das Hämatom wird langsam aufgesaugt. Über die Wange verläuft eine häßliche Schramme, die jedoch schon vernarbt. Die Lippen sind rosig, beinahe normal, und die Schwellung zwischen Mund und Nase ist kaum noch wahrnehmbar. Ein Seidenschal, den sie um den Hals geschlungen hat, verdeckt die blauen Würgemale.

Amadeus blättert am alten Schreibtisch in einer Zeitschrift. »Es ist zehn Minuten nach fünf«, antwortet er. »Möchtest du eine Tasse Tee?«

»Warten wir nicht auf Flavio? Er hat gestern gesagt, daß er sich die Wunde noch einmal ansehen will.«

»Natürlich, schön, dann trinken wir gemeinsam Tee.«

»Würdest du mir bitte Kamm und Spiegel bringen?«

»Gern.« Amadeus lächelt. »Deine Genesung macht wirklich rasche Fortschritte.«

Constanze hat das Lächeln bemerkt. »Ich weiß genau, daß ich noch entsetzlich aussehe. Das hat aber nichts damit zu tun, daß ich mich kämmen möchte. Vor allem, wenn der Herr Doktor, dein Neffe, kommt.«

Kurz darauf frisiert sie sich sorgfältig, legt jedoch lange Pausen ein, in denen sie in den Sonnenuntergang starrt, ohne ihn zu sehen. Der Himmel ist noch hell. Neben ihr liegt ein Botanikbuch auf einem Tischchen; es ist bei einem ganzseitigen Foto aufgeschlagen: einer exotischen Pflanze.

»Wie mag es in meinem Gewächshaus aussehen?« seufzt Constanze. »Ich sehne mich geradezu nach ihm. Das Haus ist versiegelt, und meine Pflanzen sind ganz allein. Zum Glück habe ich am Sonntag die Nährflüssigkeit ergänzt. Heute ist Freitag, nicht wahr?«

»Freitag, der 26. Wie lange kann dein kleiner häuslicher Dschungel ohne Pflege durchhalten?«

»In dieser Jahreszeit ungefähr zehn Tage.«

Amadeus legt die Zeitschrift weg. »Wenn man Ennio für schuldig erklärt, kannst du nach Hause zurückkehren, sobald du dich wohler fühlst. Natürlich nur, wenn du willst.«

»Ich möchte schon. Aber ich habe Angst vor der Heimkehr. Wahrscheinlich sind überall noch Blutflecken – die Polizisten haben bestimmt nicht saubergemacht.«

»Wir werden schon eine Lösung finden. Wenn es dir recht ist, fahre ich vorher auf einen Sprung zu dir und nehme Clotilde mit. Wir putzen das ganze Haus, und wenn du heimkommst, wird es aussehen, als wäre nichts geschehen.«

Ein Spatz fliegt von der Regenrinne herunter und pickt die Brotkrümen auf dem Balkon auf. Dann legt er den Kopf schief und sieht Constanze fragend an. So bleibt er ein paar Sekunden regungslos sitzen, dann breitet er die Flügel aus und fliegt davon.

»Ich werde Attilio wahrscheinlich bald vergessen haben, Amadeus. Ich will damit nicht sagen, daß er mir nicht leid tut. Er hat einen grausamen, jähen Tod erlitten, und ich bedaure ihn. Das ändert jedoch nichts daran, daß er ein Lump war, der nur durch Zufall nicht zum Mörder wurde.«

Amadeus ist anderer Meinung. »Er war ein Mörder, denn er war davon überzeugt, daß er dich getötet hat. Für all das Gute, das du ihm getan hast, hat er dir gedankt, indem er dich neben den Verbrennungsöfen im Müll verscharrt hat.«

Constanze versteht sehr gut, warum Amadeus so empört ist, und teilt auch seine Gefühle. In ihr halten Liebe und Verachtung einander allmählich die Waage. Jetzt wartet sie nur noch darauf, daß Ennio verurteilt wird. Er hat zweifellos mehr Glück gehabt als sein Komplize. Aber wenn er verurteilt wird, was sie hofft, wird er genügend Zeit haben, über seine Tat nachzudenken.

Flavios lange Gestalt erinnert sofort an seinen Onkel Amadeus. Auch die Gesichter sind einander ähnlich: sie sind beide ziemlich schmal, die Haare sind dunkelblond und gewellt, die Augen blaugrau, die Brauen kräftig. Wenn die beiden Männer nebeneinander stehen, sehen sie wie Vater und Sohn aus.

Flavio beglückwünscht seine Patientin zu der Schnelligkeit, mit der sie gesund wird, und versichert ihr, daß die Narben verschwinden werden.

»Wirklich?« fragt Constanze. »Wird man überhaupt nichts mehr merken?«

»Eine Zeitlang schon noch. Dann regeneriert sich das Gewebe, und du wirst dann aussehen wie neu. Zufrieden?«

Sie trinken gemeinsam Tee, und kurz nach sieben steht Flavio auf. Er erinnert Constanze daran, daß sie um neun

Uhr, keine Minute später, ins Bett muß, und daß sie mindestens zehn Stunden schlafen soll.

»Wie lange soll ich denn die Schlafkur noch machen?«

»Mindestens eine Woche.«

Constanze protestiert scheinbar empört; sie hat nicht die Absicht, sich die Tyrannei des jungen Arztes länger gefallen zu lassen.

Flavio ahmt glänzend einen despotischen alten Professor nach: »Sie werden tun, was ich sage, kleine Hexe.«

Das Wort »Hexe« übt sowohl auf Constanze als auch auf Flavio eine beinahe magische Wirkung aus, weckt in ihnen die Erinnerung an eine längst vergangene Periode ihres Lebens, führt ihnen einzelne Szenen wieder vor Augen.

Flavio wendet sich an Amadeus: »Gib darauf acht, Onkel, daß dieses schlimme Mädchen keine Dummheiten macht.«

Amadeus übernimmt willig die ihm in dieser Komödie zugewiesene Rolle und legt beteuernd die Hand aufs Herz. Dann begleitet er Flavio hinaus.

Als Amadeus ins Arbeitszimmer zurückkommt, hat Constanze das Botanikbuch in der Hand, aber es ist zugeklappt.

»Dein Neffe ist ein überaus netter Mensch, der sich sehr bemüht. Weißt du, daß er dir wie aus dem Gesicht geschnitten ist?«

Amadeus wird verlegen. »Wenn das ein Kompliment an meine Adresse sein soll, dann habe ich es lieber nicht gehört. Aber Flavio ist wirklich ein guter Junge und mir ans Herz gewachsen, als wäre er mein eigener Sohn.«

Nach dem Abendessen kehren sie ins Arbeitszimmer zurück. Amadeus liest die *Gazzetta di Parma,* denn er ist während des Tages nicht dazugekommen. Das Gespräch wendet sich den Sichtungen von fliegenden Untertassen zu, die in letzter Zeit immer häufiger vorkommen. Die Zeitung veröffentlicht den Artikel eines »Gelehrten«, der behauptet, daß die ehemaligen Bewohner der Erde derzeit eine Pilgerfahrt zu ihrem Heimatplaneten unternehmen.

Constanze wirft einen Blick auf den Artikel und legt dann die Zeitung weg. »Meine Großmutter hat schon vor Jahren fliegende Untertassen gesehen, immer wieder, bis zu ihrem Tod. Aber obwohl ich ihre Nichte bin, habe ich nie die Ehre gehabt, Außerirdische kennenzulernen.«

Amadeus ärgert sich. »Was willst du damit sagen? Daß Adriana an Halluzinationen gelitten hat? Das stimmt nicht. Sie hat auch mir von ihren Beobachtungen erzählt und hat jedes Mal die genaue Uhrzeit, den Ort des Ereignisses und das Aussehen der UFOs beschrieben.«

»Sie hat auch in ihren Tagebüchern darüber Aufzeichnungen geführt.« Constanze ist nachdenklich. »Glaubst du vielleicht auch an UFOs, Amadeus?«

»Warum nicht?«

»Hast du jemals eines gesehen?«

»Wenn deine Großmutter sie gesehen hat, dann gibt es sie tatsächlich.«

Das Mädchen ist durch die Wendung, die das Gespräch genommen hat, verwirrt und schlägt das Buch auf, als wolle es vom Thema ablenken. »Du hast Großmutter Adriana sehr gern gehabt, Amadeus, nicht wahr?«

Der Angesprochene reagiert nicht sofort, sondern betrachtet aufmerksam Adrianas Foto, das in einem Silberrahmen auf dem Schreibtisch steht. Dann antwortet er aufrichtig:

»Sie war eine außergewöhnliche Frau. Obwohl sie nie in eine Heirat eingewilligt hat, ist sie für mich die Frau meines Lebens gewesen.«

Constanze neigt den Kopf. Die stille Würde, mit der

dieser Mann spricht, der sich anstelle der Liebe mit Freundschaft begnügt hat, beeindruckt sie tief.

»Ich möchte eines wissen: warst du nie in andere Frauen verliebt?«

»Bevor ich Adriana kennengelernt habe, gab es etliche. Ich war zweiundvierzig, als wir einander vorgestellt wurden.« Amadeus füllt seine Pfeife mit langsamen, gedankenverlorenen Bewegungen. »Meine erste Liebe war eine Sängerin aus dem Regio in Parma. Dann kam die Tochter eines Nachbarn, eines Advokaten. Und schließlich die längste Beziehung, die ich je unterhalten habe, sechs Monate, mit der Sekretärin des Lyzeums.« Die Pfeife zieht nicht, und Amadeus gibt auf. »Aber keine von ihnen war für mich die Frau meines Lebens. Nur Adriana verlieh meinem Leben Sinn und Reiz ... du verstehst mich ja, nicht wahr? Adriana war geheimnisvoll und strahlend, eine Persönlichkeit des Helldunkels. Es genügte mir, sie zu sehen, zu wissen, daß sie mich schätzte und mich auf ihre Weise liebte. Von ihr habe ich Gelassenheit und Mut gelernt. Findest du, daß das zu wenig ist?«

Constanze entdeckt in den Beziehungen zwischen Adriana und Amadeus zarte, komplizierte Gefühle, die ihr bisher entgangen sind und die sie jetzt verwirren.

16. Kapitel

Ennio vermeidet, auf den Boden zu blicken, vor allem dort, wo sich die mit Kreide gezeichneten Umrisse von Attilio befinden. Er geht schnell in das Gewächshaus weiter, doch er achtet darauf, nicht auf die braunen, vertrockneten Flecken zu treten.

Er lehnt die Leiter an das Regal und steigt ein paar Sprossen hinauf: die Agave steht gut sichtbar an der alten Stelle, ihre fleischigen Blätter erinnern an faserige, an den Rändern gezackte Zungen mit stachliger Spitze. Diese ungleichmäßig verteilten Blätter-Zungen gefallen ihm nicht. Eigentlich gefällt ihm die ganze Agave nicht.

Er untersucht die Schicht aus farbigen Steinchen, die die Oberfläche des Topfes bedeckt: sie sieht genauso aus, wie er sie verlassen hat. Niemand hat etwas vermutet, daher hat sie auch niemand berührt.

Er steigt von der Leiter herunter und geht zum großen Behälter mit den kleinen Granit-, Porphyr-, Jaspissplittern. Dann steigt er wieder hinauf und breitet eine zweite Schicht Steinchen aus, um den verräterischen Schatz noch besser zu verstecken und zu schützen.

Schließlich überprüft er die großen Hydrokultur-Gefäße, achtet aber darauf, daß er ihnen nicht zu nahe kommt. Alles scheint in schönster Ordnung zu sein: die Wurzeln breiten sich im Wasser ungehindert in den Glaskugeln aus, die für sie viel zu groß sind.

Es besteht also keine Gefahr, daß der Druck zu stark wird. Und es ist nicht zu erwarten, daß die Wurzeln

Sprünge im Glas hervorrufen. Er beschließt dennoch, den Glasermeister kommen zu lassen, sobald er mit dem Hausputz fertig ist.

Im Wohnzimmer weicht er sorgfältig der Blutspur aus, die der sterbende Attilio hinterlassen hat.

Er kocht Kaffee. Während er darauf wartet, daß das Wasser zu sieden beginnt, röstet er zwei harte Brötchen. Um sich abzulenken, schaltet er das Radio ein.

Schließlich beginnt er, den Boden zu säubern. Wenn er die Spuren beseitigt, beseitigt er auch die Erinnerungen an diesen Tod.

Im Radio preisen die jubilierenden Stimmen der Ansager die Vorzüge von Reinigungs- und Bleichmitteln, die schnell, gründlich und für immer jede Art von Flecken beseitigen. Die jubelnde Überreinlichkeit und Hyperhygiene ärgern ihn, weil er sich gefoppt vorkommt, und er schaltet den Apparat ab. Er muß nämlich immer wieder kräftig schrubben, bevor die Marmorfliesen vollkommen sauber sind. Das Linoleum im Gewächshaus stellt ihn vor noch schwerere Probleme: das poröse synthetische Material hat Blut und Nährlösung aufgesaugt und ist jetzt mit hartnäckigen Krusten bedeckt.

Um besser arbeiten zu können, kriecht Ennio auf allen vieren herum. Bald keucht er infolge der feuchten, warmen Luft. Der Schweiß läuft ihm über die Stirn, tropft von der Nase. Und das unangenehm nasse Hemd klebt ihm am Rücken.

Er gelangt zu der Erkenntnis, daß das keine Arbeit für ihn ist. Er hätte Lia anrufen sollen. Sie wäre wahrscheinlich gern gekommen.

Aber vielleicht ist es besser, daß das Mädchen den Schmutz nicht gesehen hat. Es soll sich nicht die Hände, die Nägel mit Attilios Blut besudeln.

Er steht auf und mustert seine Fingerspitzen: unter den

Nägeln könnten sich noch andere Blutspuren befinden: von Constanze. Er hat sich seit jenem Sonntagabend unzählige Male die Hände gewaschen, doch das Verbrechen läßt sich nicht mit Wasser und Seife wegspülen.

Die Pendeluhr schlägt sieben.

Ennio lehnt an der Terrassentür und betrachtet den Boden des Gewächshauses im Gegenlicht. Er scheint vollkommen sauber zu sein. Ennio fährt sich mit dem Handrücken über die Stirn und holt tief Luft.

Die drückende Schwüle im Treibhaus erschwert das Atmen und sorgt gleichzeitig dafür, daß ihm der Schweiß in Strömen über den Rücken rinnt.

Er öffnet die Tür, so daß die kalte Luft von der Terrasse hereinkommt.

Hier waren alle Fenster viel zu lange geschlossen, sagt er sich. Die Feuchtigkeit hat sich niedergeschlagen.

Erleichtert geht er auf die Terrasse hinaus. Er hält sich am Geländer fest und macht Atemübungen: er atmet tief ein und langsam aus. Dabei schließt er die Augen, um das Gefühl körperlichen Wohlbefindens besser auszukosten; der Schweiß trocknet, und der Druck im Schädel läßt nach.

Jetzt kann er sich ausruhen. In seinem Schlaf- und Arbeitszimmer ist das Bett immer noch nicht gemacht, so wie er es am Montag zurückgelassen hat, als er einen Blick auf die Verbrennungsanlage werfen wollte. Auf dem Tisch herrscht Unordnung: Bindfaden, Papier, Zeichenblätter, Pinsel und ein Aschenbecher voller Zigarettenstummel.

Diese Gegenstände erinnern ihn an etwas: »Natürlich, das Geld. Es muß hier irgendwo sein.«

Er beschließt, Constanzes Zimmer noch einmal zu untersuchen.

Dazu muß er durch das Gewächshaus. Als er es betritt,

empfindet er wieder den unangenehmen Druck der konzentrierten Feuchtigkeit. Es sind nur wenige Sekunden, sie genügen jedoch, damit ihm die Luft ausgeht. Doch im nächsten Augenblick ist er draußen.

In Constanzes Schlafzimmer sind die Jalousien heruntergelassen. Ennio zieht sie auf, damit er Licht hat, und beginnt zu suchen: zuerst in den Geheimfächern im Bettkopf, dann im Toilettetisch. Enttäuscht wendet er sich dem Schrank zu.

Er wühlt noch in Constanzes Wäsche, als er sich daran erinnert, daß Attilio an diesem Abend die fünf Zehntausendlire-Scheine gefunden und in die Hosentasche gesteckt hat.

Lautlos, beinahe verstohlen, huscht Ennio durch das Haus. Das Arbeitszimmer, in dem Attilio schlief, seit Constanze nichts mehr von ihm wissen wollte, liegt neben Ennios Zimmer. Er betritt es vorsichtig, schaltet das Licht ein und sieht sich um. Die Kleidungsstücke seines Freundes liegen auf einem Stuhl, auch die Hose. Ennio überwindet den leichten Widerwillen, greift in die Tasche und findet die Beute: da sind die fünf herrlichen Scheine, die jetzt ihm gehören.

Er schließt Attilios Zimmertür hinter sich und kehrt in sein eigenes Zimmer zurück.

Die Begeisterung macht ihn aktiv: er macht das Bett, wäscht Pinsel und Spachtel mit Terpentin, zerreißt die Zeichnungen, die seiner Meinung nach mißglückt sind.

Durch das Fenster sieht er die braunen, nebligen Umrisse der Berge, die sich im Abendlicht vom Himmel abheben. Jetzt kann er tun und lassen, was er will. Die Welt gehört ihm, einschließlich des Tals, der bewaldeten Hügel, der Straßen, die über sie verlaufen, der überall vorhandenen Gasthäuser. Zunächst wird er sich ein anständiges Abendessen leisten. Seine finanzielle Lage ist nicht gerade blendend, aber mit fünfzigtausend Lire kann man schon einiges unternehmen.

Er zieht sich um, bindet sich einen karierten Schal um den Hals und zieht die Lodenjacke an.

Nachdem er das Licht gelöscht hat, betritt er das Gewächshaus durch die Tür, die er offengelassen hatte, um es zu lüften. Auf dieser Seite gibt es keine Lichtschalter, und Ennio muß sich langsam durch das Halbdunkel tasten, um nicht an ein Gefäß oder eine Pflanze zu stoßen.

»Verdammt, ist es hier aber dunkel.«

Er sieht starr vor sich hin, wartet darauf, daß seine Augen sich an das schwache Licht gewöhnen, das durch die Glaswände hereinfällt. Und während seine Augen beginnen, die Formen zu erfassen, entdeckt er – oder glaubt es wenigstens – an der Wand, die das Gewächshaus vom Wohnzimmer trennt, einen Riesen mit unzähligen langen, flachen, fingerlosen Händen.

Er fängt an zu laufen. In diesem Augenblick bemerkt er deutlich, daß eine dieser schrecklichen Hände sich ihm nähert, um ihn zu schlagen, und dann spürt er auch schon den schneidenden Schmerz am Kopf.

Er schreit erschrocken auf, stürzt ins Wohnzimmer und sucht die Wand, an der sich der Schalter befindet. Die Birnen im Kristalluster flammen auf.

Ennio drückt sich an die Wand und schaut ins Gewächshaus: nichts regt sich. Doch der Riese muß dort hinten auf der Lauer liegen.

Ennio ist fest entschlossen, sich zu verteidigen, und greift nach einem Stuhl. Er hält ihn vor sich wie einen Schild, nähert sich vorsichtig der Tür und betätigt den Schalter: im Gewächshaus wird es hell.

Auf dem Linoleum, vor dem Riesenficus, liegt ein Blatt: groß, lang, flach, natürlich ohne Finger.

Ennios Spannung entlädt sich in trockenem, keuchendem Lachen. Dann läßt er sich auf den Stuhl fallen, den er als Verteidigungswaffe verwenden wollte. Er kann nicht mehr aufhören zu lachen; die Angst, die ihm das Phantasiegeschöpf eingejagt hat, verflüchtigt sich und macht einer anderen Angst Platz; sie ist abstrakter, unbestimmt, nistet heimtückisch in ihm und läßt sich nicht fassen.

Das Gelächter erstickt in einem Schluchzen. Ennio fließen Tränen über die Wangen, über das Kinn.

Er bleibt lange so sitzen und wartet darauf, daß er wenigstens für einige Zeit sein seelisches Gleichgewicht wiederfindet. Er fährt sich mit der Hand über das Gesicht, um die Tränen wegzuwischen, und der kratzende Bart ringt ihm einen Entschluß ab.

Gut. Er wird sich rasieren, mit Lotion abreiben, sich kämmen.

Was ist überhaupt geschehen?

Nichts. Im Gewächshaus ist alles in Ordnung, alles sauber, alles hell und überschaubar. Ein Blatt ist von einer Pflanze gefallen: das ist alles.

Attilio ist für immer fort, genau wie Constanze. Das Haus gehört – wenigstens vorläufig – ihm. Im übrigen hat er hier ein Zimmer gemietet, es spielt keine Rolle, daß er nie einen Pfennig dafür bezahlt hat. Zum Glück hatte Constanze keine Verwandten. Daher wird ihn auch niemand belästigen. Er darf nur nicht vergessen, daß Constanze abgereist ist. Offiziell hat sie das Haus verlassen. Man wird ihren Leichnam niemals finden.

Gegen halb elf am gleichen Abend kehrt Ennio ins Haus zurück. Er hat in einer Trattoria gegessen, in der er noch nie gewesen ist. Er wollte nicht mit Fragen belästigt werden, auf die er höfliche Antworten geben mußte. Er hatte keine Lust, höflich zu sein. Er hatte nur einen Wunsch, in Ruhe gelassen zu werden.

Die Fenster des Hauses sind hell: er hat absichtlich das Licht brennen lassen. Jetzt betritt er es, geht durch die Tür, steht wieder im Wohnzimmer. Er ist vollkommen ruhig, sehnt sich nur nach seinem Bett und einem langen Schlaf.

Als er das Gewächshaus durchquert, hüllt ihn wieder die bedrückende übermäßige Feuchtigkeit ein. Schwache, unerklärliche elektrische Vibrationen versetzen ihm leichte Stiche in Hände und Gesicht. Aber vielleicht handelt es sich nur um eine unangenehme Erinnerung, um ein Gefühl, das er einmal kennengelernt hat und das jetzt scheinbar wiederkommt.

Er beeilt sich, versperrt die Tür von außen, als wolle er jemanden oder etwas daran hindern, heimlich herauszuhuschen, während er schläft. Er tut es automatisch, und es kommt ihm erst zu Bewußtsein, als er sich in seinem Zimmer befindet und die Tür fest verriegelt ist.

»Wovor habe ich eigentlich Angst, ich Idiot?«

Er spricht laut mit sich selbst.

Dann löscht er das Licht und schließt die Augen. Die einander widersprechenden Gefühle des langen Tages haben ihn erschöpft, und er schläft sofort ein.

17. Kapitel

Der Ton einer aufdringlichen Autohupe weckt ihn. Es ist Tag. Ennio steht auf, öffnet das Fenster. Vor dem Eingang parkt Lias leuchtend roter Wagen. Das Mädchen blickt aus dem herabgelassenen Fenster und winkt Ennio zu. Dann öffnet es den Wagenschlag und hüpft graziös heraus.

»Darf ich einen Augenblick hereinkommen?«

Ennio nimmt eine Jacke um, geht hinunter und öffnet. Die schlanke Gestalt des Mädchens in dem dunkelgrünen Hosenanzug hebt sich vom hellen Hintergrund ab. Der Rollkragen des tabakbraunen Pullis reicht bis zum Kinn und paßt gut zu ihrem kupferfarbenen Haar.

»Ich habe heute früh die Zeitung gelesen«, beginnt Lia, während sie eintritt. »Jetzt kenne ich alle Einzelheiten.«

»Was für Einzelheiten?«

»Ich bin auf einen Sprung vorbeigekommen, ich muß nach Parma zu Aufnahmen. Hast du Nachrichten von Constanze?«

»Nichts. Und du?«

Statt zu antworten, mustert ihn Lia. »Wie mager du bist. War es sehr schlimm?«

Ennio murmelt etwas Unverständliches, während das Mädchen sich umsieht und bemerkt, daß das Haus sauber und ordentlich ist.

»Du warst fleißig.«

»Ich wollte diesen Schmutz ... Möchtest du einen Kaffee?«

Lia bejaht und erklärt sich bereit, ihn zuzubereiten. Während sie sich in der Küche zu schaffen macht, hält sie Ennio einen Vortrag, dessen Text sie sich anscheinend vorher zurechtgelegt hat. »Dir zuliebe habe ich nichts davon erzählt, wie ihr beide Constanze behandelt habt. Ich wollte dir nicht noch mehr Schwierigkeiten einbrocken.«

»Danke. Es war sehr gut, daß du ihnen eingeredet hast, zwischen Constanze und Attilio wäre alles in Ordnung gewesen. Es hat ja keinen Sinn, jetzt diese alten Geschichten aufzuwärmen.«

Lia zündet das Gas unter der Kaffeemaschine an. Dann fragt sie leichthin, beinahe gleichgültig: »Wirst du weiterhin hier wohnen?«

Ennio zuckt die Achseln. »Ich habe doch ein Zimmer gemietet, nicht wahr? Ich warte, bis die Hausherrin zurückkommt.«

Lia hat sich gesetzt, die Beine übereinandergeschlagen und bläst Rauchringe in die Luft. »Meiner Meinung nach wird sie dich nicht mehr im Haus haben wollen. Attilio ist nicht mehr hier, um dich zu beschützen.«

»Glaubst du wirklich, daß er mich beschützt hat? Ich bin ihm einfach gelegen gekommen. Er hat sich stets darauf berufen, daß er mir eine Unterkunft verschafft hat, und mich dadurch gezwungen, die Schmutzarbeiten für ihn zu verrichten.«

Lia reißt die Augen auf. »Was für Arbeiten?«

»Alles Mögliche«, weicht Ennio aus. Aber dann fährt er fort: »Sein Bett machen, zum Beispiel. Den Boden in seinem Zimmer schrubben und einlassen. Seine Hemden und Anzüge bügeln, seine Schuhe putzen ... Sogar seine Bilder malen.«

Das Mädchen ist verblüfft. »Du hast für ihn gemalt?«

»Und ob. Er hatte nämlich nie Lust zu arbeiten. Außerdem hatte er keinen Funken Talent. Also hat er mich gezwungen, Bilder zu malen, die er dann signiert hat. Seebilder. Er hat sie am Wochenmarkt verkauft.«

»Aber wie hast du das geschafft? Du hast doch nie solche Motive gemalt.«

»Siehst du, du hast keine Ahnung, was ich durchgemacht habe. Niemand hat etwas davon gewußt.«

»Nicht einmal Constanze?«

Ennio sieht zu, wie Lia den Kaffee einschenkt. »Ich habe nie mit ihr darüber gesprochen.«

»Dann hat Attilio ja überhaupt nicht gearbeitet. Nur Bars, Restaurants, Tanzlokale besucht.«

»Und wenn ich ihm nicht gehorcht habe, ist er bösartig geworden und hat mir gedroht.«

»Sag einmal, warum bist du dann geblieben?«

»Ich hatte kein Geld, niemand kaufte meine Bilder, ich habe mir noch keinen Namen gemacht – deshalb war ich froh, daß ich überhaupt ein Dach über dem Kopf hatte. Aber ich hatte mir vorgenommen abzuhauen, sobald sich eine Möglichkeit ergab.«

Lia stellt die Tasse hin und trommelt mit den Fingern auf den Tisch.

»Dann wart ihr in Wirklichkeit gar keine Freunde. Er hat dich ausgenützt. Deshalb hat er dich ins Haus genommen. Und du hattest eine Unterkunft, auch wenn du dafür Demütigungen und Drohungen in Kauf nehmen mußtest.«

Ennio stimmt wortlos, mit einem Seufzer zu.

»Du bist also gar nicht traurig darüber, daß er tot ist.«

»Um ehrlich zu sein, mir ist es gleichgültig. Im Gegenteil, ich fühle mich erleichtert.«

Angesichts dieser zynischen Brutalität schweigt Lia. Sie drückt die Zigarette aus, steht auf und meint:

»Um die Wahrheit zu sagen, auch Constanze hatte genug von ihm. Und dabei hatte sie ihm alles gegeben: ihre Liebe, ihr Bett, ihr Geld. Und ihren gesamten Schmuck.«

Ennio springt auf und sieht zum Fenster, als hätte ihn jemand gerufen.

»Was ist los?« fragt Lia.

Ennio schaut weiterhin hinaus und kehrt ihr den Rükken zu. »Nichts. Ich habe geglaubt, daß jemand draußen ist.«

Das Mädchen sieht auf die Uhr: es will nicht zu spät kommen.

Ennio kann sich offensichtlich nicht vom Fenster losreißen. »Wenn Constanze dich anruft, gib mir Bescheid«, bittet er.

»Es ist doch merkwürdig, daß sie einfach verschwunden ist, ohne jemandem ein Wort zu sagen.«

»So ist es aber. Wir haben ihren großen Koffer übrigens nicht mehr gefunden. Vielleicht hat sie ihn heimlich gepackt und in die Garage gebracht. Vermutlich ist sie an die Riviera gefahren, um sich ein bißchen zu erholen.«

Lia scheint endlich überzeugt zu sein. »Dann dürfte sie also wirklich fort sein.« Sie geht zögernd hinaus.

Ennio begleitet sie, verabschiedet sich von ihr und versperrt hinter ihr die Haustür. Jetzt kann er sich endlich anziehen.

Aber um in sein Zimmer zu gelangen, muß er durch das Gewächshaus. Die Morgensonne spiegelt sich in den Glasscheiben und heizt den Raum auf.

»Mir reichts. Hier gehe ich nicht mehr durch.«

Wenn Ennio laut mit sich selbst spricht, gewinnt er dadurch seine Selbstsicherheit wieder, die ins Waken geraten ist, weil ihm die Erinnerung an den vergangenen Abend wieder zu schaffen macht.

Er sammelt Leinwand, Pinsel, Farben, alles, was er zum Malen braucht, ein und trägt es ins Wohnzimmer. Dann folgen die Staffelei und der Schemel. Er geht vier oder fünf Mal hin und her, und zieht jedes Mal, wenn er durch das Gewächshaus kommt, den Kopf ein, als wolle er sich vor einem Angriff schützen.

Jetzt atmet er erleichtert auf. Er schiebt den Eßtisch an die Wand, um Platz für die Staffelei zu schaffen, die er möglichst weit entfernt von dem Gewächshaus, beinahe an der Küchentür, aufstellt.

Das Licht ist gut: es fällt durch das Fenster herein, unter dem Constanzes Schreibtisch steht. Das Telefon befindet sich in seiner Reichweite, das Badezimmer am Ende des Korridors.

Ausgezeichnet. Er muß nur zum Schlafengehen durch das Gewächshaus.

Er reibt sich befriedigt die Hände, sucht eine Nummer im Telefonbuch und ruft den Glasermeister an.

Eine scharfe Stimme mit stark ländlichem Akzent meldet sich. »Ich bin ohnehin im Begriff, nach Montalto zu fahren.«

»Dann schauen Sie zuerst bei mir herein!« befiehlt Ennio.

»Gut, gut. Ich muß bei dem neuen Haus, dem Rohbau, die Fenstermaße nehmen.« Der Mann verliert sich in weitschweifigen Erklärungen, denen Ennio nicht zuhört. »Ich hätte gestern schon hinüberfahren sollen, aber ich habe keine Zeit gehabt.«

»Kommen Sie sofort zu mir. Ich habe Ihnen ja gesagt, worum es sich handelt, und Sie werden auch die Zeitungen gelesen haben.«

»Natürlich. Ich habe gerade mit meiner Frau darüber gesprochen. Es ist wirklich ein dringender Fall. Ich nehme alles für die Überprüfung Notwendige mit und fahre sofort los.«

Zwanzig Minuten später ist der Handwerker im Haus. Der ungefähr sechzig Jahre alte, wieselflinke Mann flößt Ennio Vertrauen ein.

»Bitte überprüfen Sie alle!« wiederholt er. »Sonst geht es mir wie meinem Freund.«

»Das war wirklich ein merkwürdiger Fall«, bemerkt der Glasermeister. Er spricht gern und redet weiter, während er arbeitet.

Aber Ennio hört ihm nicht zu. Er setzt sich auf den Stuhl neben dem Telefon: es ist der am weitesten entfernte Punkt, von dem aus er das Gewächshaus und den Mann im Auge behalten kann.

Der Glasermeister fährt mit den Fingern über die Oberfläche des ersten Gefäßes. Er streichelt es förmlich, drückt leicht darauf. Dann umfaßt er es mit beiden Händen und drückt kräftig zu, wobei er der Wölbung folgt. Schließlich schlägt er geduldig und genau mit einem Gummihämmerchen auf das Glas, und legt das Ohr neben der Stelle an, auf die er klopft. Ein Arzt, der das Herz eines Patienten auskultiert, bringt nicht mehr Geduld auf.

Der Handwerker überprüft ein Gefäß nach dem anderen.

»In Ordung«, schließt er befriedigt. »Sie können unbesorgt sein. Ich versichere Ihnen als geprüfter Handwerksmeister, daß alle Behälter vollkommen einwandfrei sind.«

Ennio will bezahlen und hat die Hand schon in die Tasche gesteckt. Aber das Männchen erklärt ihm umständlich, warum es kein Geld annimmt, und bittet Ennio, an ihn zu denken, falls er jemals Glasscheiben für seine Bilder braucht.

»Ich arbeite gern für einen Maler, weil das eine Abwechslung ist. Hier in der Gegend gibt es ja außer Fenstern und Glastüren nichts Besonderes. Diese Glasscheiben«, er zeigt auf die Wand des Gewächshauses, »habe ich eingesetzt. Die Frau Professor hat mich gut gekannt. Und Frau Doktor Pagani ist noch immer nicht zurückgekommen? In der Zeitung steht, daß sie Sonntag abgereist ist. Wissen Sie, was meine Frau dazu meint?«

»Sie ist an der Riviera«, unterbricht ihn Ennio. Er steht auf und hofft, daß der andere daraufhin endlich gehen wird.

»Wirklich?« fragt das Männchen. »Es tut ihr bestimmt gut, einmal an die Luft zu kommen. Ich werde es meiner Frau erzählen. Grüßen Sie sie von mir, sobald sie wieder zurückkommt. Ich kenne sie, seit sie so groß war.«

Das Klingeln des Telefons unterbricht seine Handbewegung.

»Ich gehe schon. Auf Wiedersehen. Sie haben bestimmt noch eine Menge zu tun.«

Endlich ist er fort.

Ennio nimmt den Hörer ab und meldet sich dreimal. Am anderen Ende antwortet niemand, und die Verbindung wird unterbrochen.

»Idioten!« Er wirft den Hörer auf die Gabel. »Wenn sie die falsche Nummer wählen, könnten sie sich wenigstens entschuldigen.«

Er zündet eine Zigarette an, geht im Wohnzimmer auf und ab und raucht mit raschen, kurzen Zügen. Er drückt die Zigarette aus und zündet sofort die nächste an. Endlich entschließt er sich: es ist Zeit, an die Arbeit zu gehen.

Er stellt das Bild auf die Staffelei und mustert es: es ist das Gemälde mit den beiden rotbraunen Himmelskörpern auf dem roten, violettgestreiften Hintergrund.

Ennio wechselt den Standort. »Ein miserables Gekleckse«, stellt er schließlich fest.

Er taucht einen Lappen in Terpentin, fährt wütend über die Leinwand und wäscht die Farben ab, während er über sich selbst und seine Unfähigkeit flucht.

Die beiden Himmelskörper sind bald verschwunden.

18. Kapitel

Constanze läßt die Hand auf dem Hörer liegen und betrachtet regungslos das Telefon. Dann verzieht sie nervös den Mund:

»Er ist noch immer da.«

Amadeus steht neben ihr. Er wollte zur Stelle sein, falls die Aufregung für sie zuviel ist. Aber Constanze braucht jetzt keinen Trost, und sie erwartet auch keine Antwort von Amadeus: sie hat mit sich selbst gesprochen. Auf ihrer Stirn bilden sich waagrechte Falten, wie immer, wenn sie über ein kompliziertes Problem nachdenkt.

»Das war zu erwarten«, bemerkt Amadeus ruhig. »Wie die Zeitung meldet, ist er gestern nachmittag freigelassen worden. Wohin sollte er gehen, wenn nicht nach Montalto?«

»Und wir haben noch gestern abend von seinem Prozeß gesprochen.« Constanze fährt sich mit der Hand über die Stirn und streift dabei das Pflaster. »Dabei hat er sich um diese Zeit schon in meinem Haus befunden. Und meine Pflanzen ...« Sie beendet den Satz nicht.

»Vielleicht betreut er sie. Er hat ja gesehen, wie du es machst ...« Auch Amadeus spricht nicht zu Ende. Dann fügt er hinzu: »Er wird ihnen wenigstens Wasser geben.«

»Das meinte ich nicht.« Constanzes Ton ist ausweichend.

Das Mädchen greift nach der Zeitung und liest den Artikel noch einmal; dabei zittern ihre Hände.

Amadeus ermahnt sie streng. »Jetzt reicht's aber! Leg

die Zeitung weg, sie schadet dir nur! Du sollst dich nicht aufregen.«

Constanze hält ihm die Zeitung hin, während sie vor sich hinspricht: »Von innen.« Sie wiederholt die Worte einige Male. »Von innen zerborsten. Der kräftigste Farn!«

»Bitte, Constanze, denk nicht mehr daran! Was möchtest du zu Mittag essen? Clotilde will es wissen.«

Das Mädchen sieht Amadeus an, der in ihrem Gesicht eine geheimnisvolle Fröhlichkeit entdeckt, ein kaum verhülltes Frohlocken. Dieser Ausdruck erinnert ihn an Adriana: das waren die Augenblicke, in denen sie von einem geglückten Experiment erzählte.

Etwas besorgt, aber vor allem verwundert, fragt er: »Was ist los? Woran denkst du?«

»An nichts«, antwortet Constanze sanft. Ihr ruhiges Lächeln ist unergründlich. »Entschuldige, Amadeus, du wolltest wissen, was ich zu Mittag haben möchte. Spaghetti mit Butter und ein Kotelett.«

Amadeus gibt sich mit dieser ausweichenden Antwort nicht zufrieden. Er legt ihr die Hand auf die Schulter. »Ich habe eine Idee. Wir könnten gemeinsam zu deinem Haus fahren und den jungen Mann hinauswerfen. Wovor solltest du jetzt noch Angst haben?«

»Nicht ich habe Angst, sondern er. Er ist davon überzeugt, daß er mich umgebracht hat, und das schlechte Gewissen quält ihn.«

»Er ist aber auch davon überzeugt, daß deine Leiche nie mehr gefunden werden kann.«

Constanze antwortet aggressiv: »Und du willst, daß ich ihm die Seelenruhe wiedergebe, daß ich vor ihn trete und ihm erkläre: ›Mein lieber Junge, da bin ich, heil und gesund. Du bist gar kein Mörder.‹ O nein, damit mache ich es ihm viel zu leicht!«

»Aber wie lange willst du noch warten? Er hat sich bei

dir häuslich niedergelassen und wird bestimmt nicht ausziehen.«

»O doch! Die Angst wird ihn vertreiben.«

Constanzes absurde Sicherheit bringt Amadeus aus der Fassung. »Angst, Angst ... Wovor soll er denn Angst haben, um Himmels willen? Davor, daß du spukst?«

»Beruhige dich! Er wird nicht den Mut aufbringen, in diesem Haus zu bleiben.«

Amadeus ist keineswegs davon überzeugt. »Du glaubst wirklich, daß ein Kerl wie er, der fähig war, ein Mädchen zu erwürgen, sich von der Erinnerung oder der Umgebung beeindrucken lassen wird?«

Constanze ist nicht zu erschüttern. »Warte nur ab, Amadeus.«

19. Kapitel

Ennio läuft durch das Gewächshaus, ohne die Pflanzen anzusehen. Die Atmosphäre ist nicht mehr feucht und schwül wie am Abend zuvor. Der junge Mann ist mit sich zufrieden: es war gut, daß er das Fenster offengelassen hat. Der Wasserdampf ist weg.

Erst als er die Kirchenglocken hört, fällt ihm ein, daß heute Sonntag ist.

Er wäscht sich, rasiert sich, macht sich fein, setzt sich in Constanzes Auto und fährt nach Parma. Er hat hundert Stundenkilometer drauf, als er an den Verbrennungsanlagen vorbeikommt, sieht aber nicht hinüber, sondern konzentriert sich auf den Verkehr und die Verkehrszeichen.

Er parkt in einer Seitenstraße und stößt die Tür zur Galerie Asteroide auf. Cavaliere Benincasa steht mit einem Besucher vor einem Bild, und die beiden unterhalten sich. Der Unbekannte ist groß und schlank, vielleicht handelt es sich um einen Kunden. Ennio bleibt diskret in einiger Entfernung stehen, spitzt aber die Ohren.

Der Galeriebesitzer informiert den Besucher über die Preise für die Werke des Malers, vor dessen Gemälde sie stehen. Der Unbekannte möchte jedoch etwas anderes, ein Bild, das er gern bei sich aufhängt und das Fröhlichkeit ausstrahlt. Ihn interessieren die künstlich hochgehaltenen Preise auf dem Bildermarkt nicht.

Benincasa endeckt Ennio, der in einer Ecke steht.

»Kommen Sie doch her!« fordert er ihn auf.

Ennio tritt näher, der Galeriebesitzer stellt die beiden Männer einander vor:

»Ennio Ciani, ein junger, begabter Maler. Doktor Arnoldo Ricci.«

Als Ennio dem Besucher die Hand reicht, macht dieser eine überraschte Bewegung. Ennio kennt den Grund: sein Name ist durch die Zeitungsartikel in aller Munde. Es ist zwar nicht der Ruhm, den er sich gewünscht hat, aber doch ein gewisser Ruf: diese Gelegenheit darf er sich nicht ungenutzt entgehen lassen.

Er tut, als wäre es ihm unangenehm und bestätigt verlegen: »Ja, ich bin tatsächlich der Ennio Ciani, über den die Zeitungen berichtet haben: ich stand unter Mordverdacht. Doch dank Cavaliere Benincasa wurde ich sofort wieder auf freien Fuß gesetzt.«

Er wendet sich dankbar dem lächelnden Galeriebesitzer zu.

Doktor Ricci zeigt überaus viel Verständnis. »Sie sind nicht der erste und werden auch nicht der letzte sein. Wichtig ist nur, daß Ihre Unschuld zweifelsfrei festgestellt wurde.«

Ennio fällt keine passende Antwort ein. Zum Glück lenkt Benincasa das Gespräch geschickt auf die Malerei. Und schlägt dem Kunden vor, ins innere Studio zu kommen, in dem er einige Bilder von Ciani besichtigen kann.

Arnoldo Ricci betrachtet aufmerksam die Gemälde, die ihm der Galeriebesitzer vorlegt. Schließlich gelangt er zu einer positiven Ansicht:

»Ich bin der Meinung, daß Sie einen persönlichen, originellen Stil haben, der mich interessiert. Vor allem zieht mich Ihre kosmische Vision von der Realität an.«

Er neigt den Kopf mit den braunen Haaren, der hohen Stirn leicht nach vorn, als wolle er den Größenunterschied zwischen sich und dem kahlköpfigen Galeriebesitzer aufheben.

»Er hat gute farbliche Lösungen«, bemerkt Benincasa, »und außerdem einen inneren Rhythmus, der den konstruktiv expandierenden Linien Sinn verleiht.«

Maria Luigia, die Sekretärin, tritt zu ihnen, entschuldigt sich wegen der Störung und sagt dem Cavaliere, daß er am Telefon verlangt wird.

Ennio bleibt mit Doktor Ricci vor seinen Bildern zurück. Der Besucher fragt, ob er weitere Werke der gleichen Art fertig hat. Er würde sie gern sehen.

Ennio bejaht. »Aber im Studio, oben in Montalto.«

Arnoldo Ricci sieht auf die Uhr. »Es ist zehn. Wir könnten einen Sprung zu Ihnen machen, wenn es Ihnen recht ist. Wie lange braucht man mit dem Wagen?«

»Ungefähr eineinhalb Stunden.«

Ennio bemüht sich, keine Freudensprünge zu machen. Ob es ihm recht ist? Ein möglicher Kunde in Reichweite und ein unverhofftes Vermögen, ein beinahe unglaubliches Ereignis. Er teilt dem Doktor vergnügt mit, daß sein Auto nur zwei Schritte von hier geparkt ist.

»Das Licht ist hier nicht sehr gut. Können wir die Bilder nicht irgendwo bei besseren Lichtverhältnissen betrachten?« Doktor Ricci sieht sich im Wohnzimmer um und entdeckt hinter dem Bogengang das Gewächshaus. »Bringen wir sie dorthin. Das Licht ist infolge der Glaswände dort besonders gut.«

Ennio will schon ablenken. Aber dann siegt die Vernunft: der Zufall hat ihm eine Chance verschafft, und jetzt wird er dem eventuellen Käufer jeden Wunsch erfüllen.

»Aber natürlich«, stimmt er deshalb zu. »Vor der Glaswand.«

Ricci erklärt sich bereit, ihm zu helfen; sie transportieren gemeinsam die Staffelei, auf der schon ein Bild steht, hinüber.

»Warten Sie«, sagt Ennio, »ich hole nur die übrigen Bilder aus dem Studio.«

Ricci bleibt allein. Er wirft einen raschen Blick auf das Gemälde, dann zieht ihn die dichte Vegetation, die ihn von allen Seiten umgibt, magisch an. Er bewundert unwillkürlich die vielen verschiedenartigen, einmaligen Pflanzen. Einige stehen auf hohen Regalen, andere klettern die Wände entlang oder reichen bis zur Decke. Wieder andere fallen wie weiche Kaskaden aus Blättern und Blüten von der Decke herab. Einige bilden vor der Glaswand malerische Gruppen.

Ricci ist ein bißchen aufgeregt, weil er sich in dem Treibhaus befindet, das die Zeitungen berühmt gemacht haben, und in dem ein Maler auf merkwürdige Weise ums Leben gekommen ist: es erscheint ihm unmöglich, daß dieser Miniaturdschungel der Schauplatz eines so ungewöhnlichen Ereignisses war.

Instinktiv mustert er die Gefäße mit den Hydrokulturen, tritt vorsichtig zum ersten. Er schätzt im Geist die Dicke des Glases: jetzt begreift er, daß die schweren Splitter einem Menschen die Halsschlagader durchtrennen konnten.

Unwillkürlich rekonstruiert er die schrecklichen Ereignisse an Ort und Stelle: ein Mann, der genau wie er von einer dieser prachtvollen Pflanzen angezogen wird, beobachtet und bewundert sie in aller Ruhe. Dann erfolgt eine Explosion, und der Mann bekommt eine Ladung Glas, Splitter, Wasser ins Gesicht und auf den Hals.

Ennio kommt durch die Tür im Hintergrund herein; er geht mühsam, weil er die Arme voller Bilder hat. In Riccis Gehirn wird das zerschnittene, blutbedeckte Gesicht des jungen Toten vom blassen, mageren Gesicht des jungen Lebenden überlagert, und diese unerklärliche Gegenüberstellung verursacht ihm leichtes Unbehagen.

Er bemerkt, daß auch Ennio zittert, und zwar so sehr, daß er die Bilder nicht mehr halten kann. Die Gemälde geraten ins Gleiten und schlagen mit lautem, hartem Gepolter auf den Boden auf. Die Luft vibriert.

»Schließen wir die Tür! Hier zieht es.«

Ennio bückt sich ungeschickt, um die Bilder aufzuheben. Inzwischen schließt Doktor Ricci die Verbindungstür zwischen Treibhaus und Terrasse.

Aber die Atmosphäre beruhigt sich auch jetzt noch nicht. Vor allem die Blätter der Pflanzen rings um Ennio bewegen sich heftig.

Der Luftzug, der durch die fallenden Bilder verursacht wurde, hat zu diesem unerklärlichen Beben und dem erschreckenden Durcheinander geführt.

Ennio ist leichenblaß. Er setzt sich hin und betrachtet seine Arme. Doktor Ricci tritt zu ihm und bemerkt, daß der junge Maler eine Gänsehaut hat.

»Fühlen Sie sich nicht wohl, Ciani?«

Ennio antwortet nicht. Er beobachtet unverwandt das Gewächshaus.

Schließlich versucht er leise, sich zu rechtfertigen. »Sie müssen entschuldigen, aber ich habe eine schwere Woche hinter mir. Ich bin etwas müde, nervös, vielleicht sogar erschöpft.«

»Haben Sie etwas Alkoholisches im Haus – Whisky, Kognak?«

Ennio steht schwankend auf und geht in die Küche. Er kehrt mit einer Flasche und zwei Gläsern zurück.

»Das ist Grappa.«

Sie trinken mit kleinen Schlucken. Ennio bekommt langsam wieder Farbe im Gesicht.

»Jetzt ist es vorbei, es geht mir wieder gut.«

Ennio reicht Ricci ein Bild nach dem anderen, und dieser stellt sie auf die Staffelei und begutachtet sie. Ennio sorgt dafür, daß er nicht zu lange im Gewächshaus bleiben muß: sobald er dem Kunden ein Bild gereicht hat, geht er ins Wohnzimmer, als wolle er ihm Gelegenheit geben, sich die Werke vollkommen unbeeinflußt anzusehen.

Ricci gefallen die etwas seltsamen, bizarren Visionen: eine phantastische Brücke in der sternenübersäten Unendlichkeit, ein Planet in der dramatischen Phase der Entstehung, eine Supernova im Augenblick nach der Explosion, ein Krater mit felsgrauen Blütenständen.

»Haben Sie etwas für die Botanik übrig? Für Pflanzen?« erkundigt sich Ricci, während er ein Bild intensiv betrachtet.

»Sie sind mir gleichgültig«, antwortet Ennio. »Für mich sind sie nur tote Gegenstände. Wie Sie sehen, habe ich sie auf diesem Bild wie Minerale dargestellt, als wären sie den Felsen des Kraters entsprungen: sie stammen direkt von ihnen ab, sind Verhärtungen, Stalagmiten.«

»Und gefallen Ihnen die Pflanzen in diesem Treibhaus?«

»Nein. Sie sind zu groß, zu gut gefüttert, beinahe fleischig.« Ennio versucht zu lächeln. »Aus ihnen könnte man Beefsteaks für Vegetarier machen.«

»Ja, sie scheinen wirklich nach unüblichen Methoden behandelt zu werden. Sie sind kräftig und sehr schön. Die da oben allerdings ausgenommen.« Doktor Ricci zeigt auf einige Pflanzen. »Sie haben offensichtlich zu wenig Wasser. Die Blätter sind trocken.«

»Wenn die Hausherrin zurückkommt, wird sie sich darum kümmern.«

Ricci gibt nicht nach. »Aber nein, bringen Sie bitte so-

fort Wasser. Wenn Sie wollen, helfe ich Ihnen dabei. Es ist eine Sünde, die Pflanzen leiden zu lassen.«

Ennio zieht es vor, seinem Kunden nicht zu widersprechen. Er greift zögernd nach einer Gießkanne und füllt sie mit Wasser. Dann rückt er die Leiter zurecht.

Die herzförmigen Philodendren mit den herabhängenden Zweigen sind erschlafft, die Blätter haben sich zusammengerollt. Ennio gießt Wasser auf die trockene Erde und blickt unwillkürlich zur Agave hinüber. Er beugt sich zu ihr und kontrolliert die Schicht aus farbigen Steinchen. Die schrecklichen Blätter der Agave, die steif sind, als bestünden sie nicht aus vegetabilischen Fasern, sondern aus Stahlfäden, strecken sich ihm anklagend entgegen. Und plötzlich hat er das Gefühl, daß sie zu ihm sprechen.

Du, du bist es gewesen!

Nein, denkt er, ihr könnt nicht reden. Es ist nicht wahr, daß ihr sprecht.

Er wendet den Kopf und sieht hinunter, um zu erkunden, ob der Besucher vielleicht auch die unmögliche Stimme gehört hat. Im gleichen Augenblick brüllt er vor Schmerz und Schrecken auf.

Doktor Ricci schaut erstaunt auf. »Was ist los?«

Ennio klettert eilig die Leiter hinunter: seine Knie zittern, und er ist froh, als er wieder festen Boden unter den Füßen hat. Auf seiner Stirn, dicht über dem rechten Auge, befindet sich eine blutige Schramme, die aussieht, als stamme sie von einem Stilett.

Ricci tritt zu Ennio und mustert die Wunde. »Wie konnte das geschehen?«

Ennio fährt sich mit den Fingern über die Stirn und die Augenbrauen: jetzt beginnt die Schramme zu brennen. Er sieht seine Finger an: sie sind blutig.

»Was geschehen ist? Das weiß ich nicht. Ich habe die

Blumen gegossen, und die Agave ... Vielleicht habe ich mich zu weit vorgebeugt?«

Ricci schüttelt den Kopf. »Sie müssen bei den Agaven vorsichtiger sein, mein junger Freund. Sie wissen genau, daß sie infolge der langen, spitzen Stacheln gefährlich sind.«

Ennio, der noch unter Schock steht, stottert: »Ja, natürlich. Ich habe Ihnen ja gesagt, daß ich Pflanzen nicht mag. Ich kann nicht mit ihnen umgehen. Ich weiß zu wenig von ihnen. Ich verstehe nichts davon.«

»Sie haben recht. Aber jetzt müssen Sie die Wunde desinfizieren.«

Der Maler verläßt das Gewächshaus, und Ricci setzt sich auf den Schemel und schaut, betrachtet, überlegt. Die Farben der Blumen und die sanften Abstufungen des Grün begeistern ihn, und er vergißt die Zeit. Das ästhetische Vergnügen mischt sich mit Verblüffung: wenn er eine Ecke betrachtet, in der es weder Geräte noch Regale gibt und in der die Wand verdeckt ist, empfindet er die panische Verzauberung eines echten Dschungels.

Als Ennio zurückkehrt, sieht Ricci auf die Uhr.

»Ich werde den Autobus um eins nehmen«, erklärt er. »Geben Sie mir Ihre Telefonnummer. Ich melde mich.«

20. Kapitel

Er legt den Hörer auf und bleibt auf dem Schemel sitzen, in der Hand hält er ein Glas mit Grappa.

Er weiß nicht mehr, warum er Lia angerufen hat.

Der Grappa kühlt die Lippen, aber in der Kehle und im Magen ist er warm.

Ennio versucht zu rekonstruieren, was gestern, während des Besuchs von Doktor Ricci, vorgefallen ist: als er auf der Leiter stand, hat er in wenigen Zentimetern Entfernung die verdammte Agave vor Augen gehabt. Ihm ist sofort Constanzes Schmuck eingefallen. Deshalb war er aufgeregt und hat sich eingebildet, daß die Pflanze zu ihm spricht. Was er gehört hat, war jedoch nicht die nicht existierende Stimme einer Agave. Ricci hatte nämlich nichts gehört. Und in diesem Augenblick hat sich Ennio unvorsichtig bewegt, so daß ihm die Spitze der Agave beinahe ins Auge gedrungen ist. Er war selbst schuld daran. Daraus ergibt sich der Schluß, daß es sich nicht um einen Angriff der Pflanze auf ihn gehandelt hat.

Es war eine dumme Schwäche, diesen Gedanken überhaupt zu verfolgen.

Er trinkt wieder, ohne sich dessen bewußt zu sein. Ein Tropfen Grappa fällt auf die Pyjamajacke.

Er muß sich einprägen, daß *die dort* weder Stimme noch Augen noch Hände noch Finger haben: sie sind Gemüse, wie Salat und Zwiebeln. Schreien sie vielleicht »O weh«, wenn sie zerkaut, von seinen Zähnen zerkleinert werden?

GEMÜSE. Schluß jetzt!

Lebende Wesen? – Ja. Sie atmen, sie ernähren sich, sie vermehren sich, wachsen, sterben. Aber sie befinden sich auf einer so niedrigen Existenzstufe, daß man sie nicht einmal mit den primitivsten Lebewesen im Tierreich vergleichen kann.

Es ist absurd, wenn man annimmt, daß sie Laute von sich geben können wie Tiere. Und es wäre verrückt zu glauben, daß sie sprechen können wie Menschen.

Um Worte formulieren zu können, müßten diese Pflanzen über Vernunft, Intelligenz, Sprache und Gedächtnis verfügen. Um einen Schuldigen anklagen zu können, müßten sie die Fähigkeit besitzen, zwischen Gut und Böse, Recht und Unrecht zu unterscheiden.

Doch in diesem Augenblick entdeckt Ennio eine Art Bewegung im Gewächshaus: die Zweige und die Stämme scheinen ein Eigenleben zu entfalten, zahlreicher zu werden, dichter beisammen zu stehen, als vervielfältigten sie sich.

Die Ruhe, die Ennio eben erst aufgrund seiner vernünftigen, logischen Überlegungen wiedergefunden hat, schwindet. Schweißtropfen stehen ihm auf der Stirn, und in den Ohren hört er ein bösartiges Summen. Ennio blinzelt, preßt die Augen zusammen, dann drückt er die Finger auf die Augäpfel.

Als er die Augen wieder aufschlägt, stehen die Pflanzen unbeweglich vor ihm, sie sind weder zahlreicher geworden noch enger zusammengerückt.

»Ich bin doch ein hirnverbrannter Idiot. Ich trinke auf leeren Magen Grappa und wundere mich dann, wenn ich alles doppelt sehe.«

Er wird bald aufstehen, ins Badezimmer gehen, sich waschen, sich anziehen, kurz, zum normalen Alltagsleben übergehen. Er wird natürlich das Gewächshaus durchqueren müssen: aber er wird laufen und die Augen schließen, um *sie* nicht zu sehen.

Er stellt das leere Glas weg und geht leicht schwankend auf den Korridor zu. In diesem Augenblick erklingt die Türglocke, und er zuckt zusammen. Er schimpft auf Lia, die zu früh gekommen ist.

Das Mädchen steht frisch und elegant in Marineblau vor ihm.

»Was hast du auf der Stirn, Ennio?«

Er berührt die Schramme und deutet mit einer raschen Handbewegung an, daß es eine Bagatelle ist.

»Noch im Pyjama?« fragt Lia, die ihn inzwischen vom Kopf bis zu den Füßen gemustert hat. »Weißt du überhaupt, daß es schon elf Uhr ist?«

Ennio muß improvisieren. »Ja. Aber nachdem ich mit dir gesprochen habe, sind eine Menge Anrufe gekommen. Ich bin bis jetzt am Telefon gehängt.«

»Hast du etwas von Constanze gehört?«

Er schüttelt den Kopf, und Lias Hoffnung schlägt in Enttäuschung um. Sie erklärt ihm, daß sie jetzt ernstlich besorgt ist und daß es an der Zeit ist, die Polizei einzuschalten.

»Das ist nicht so einfach«, widerspricht Ennio. »Constanze ist mündig, wenn sie verreisen will, kann sie niemand daran hindern.«

Lia ist anderer Meinung. »Hältst du es für vernünftig, daß sie nicht einmal das Institut davon verständigt hat?«

»Nein, es ist unvernünftig. Aber niemand weiß, was in Constanzes Kopf vorgeht.«

Lia geht mit verschränkten Armen und gesenktem Kopf auf und ab. Plötzlich bleibt sie stehen. »Warum hast du mich eigentlich angerufen? Was wolltest du?«

Er muß wieder improvisieren. »Ich habe mich nicht wohl gefühlt. Vielleicht hatte ich sogar Fieber. Ich zitterte jedenfalls am ganzen Körper«, schließt er in einem weinerlichen Tonfall, den Lia bisher nicht an ihm kennt.

»Du zitterst ja noch immer. Hier drinnen ist es aber auch saukalt. Du hast die Heizung noch nicht eingeschaltet. Warum ziehst du dir nicht etwas an? Hast du gefrühstückt?«

Lias besorgter Ton, ihre kurzen, präzisen Fragen sind ihm lästig. »Ich werde ein bißchen Milch wärmen.«

Lia richtet zwei Tassen her; sie holt Zucker und Brot und bewegt sich, als wäre sie hier zu Hause.

Ennio fragt sie schüchtern, beinahe flehend: »Würdest du vielleicht hier bei mir wohnen wollen, bis Constanze zurückkommt?«

Die Frage ist ganz bestimmt keine Liebeserklärung und auch kein Verführungsversuch. Aber das Mädchen tut, als hätte es Ennio mißverstanden.

»Damit du mich ins Bett bekommst?«

»Mach keine Witze! Dir gegenüber kann ich ehrlich sein: ich habe Angst.«

Lia gibt zu, daß es keineswegs seltsam oder abnormal ist, wenn Ennio sich im Haus nicht wohl fühlt. Das Haus gehört nicht ihm, und die Hausherrin ist seit einigen Tagen abwesend.

»Es ist nicht das Haus«, gesteht Ennio leise, »das Gewächshaus macht mir Angst.«

Lia seufzt. »Ich verstehe, die Stelle, an der Attilio gestorben ist. Auch wenn es dir gleichgültig ist, wie du mir gegenüber behauptet hast, ist ein Mensch, der eines gewaltsamen Todes gestorben ist, eine seelische Belastung.«

»Es sind die Pflanzen, Lia.«

»Was haben die Pflanzen damit zu tun?«

»Ich habe vor ihnen Angst. Ein Farn war schuld daran, daß das Gefäß explodiert ist. Ja, ich habe die Gefäße überprüfen lassen und könnte jetzt beruhigt sein. Statt dessen jagen sie mir noch immer Schrecken ein. Auch gestern zum Beispiel ...«

Das Mädchen wartet mit aufgerissenen Augen darauf, daß Ennio weiterspricht. Aber er gesteht ihr nicht, welch seltsame Phänomene aufgetreten sind, seit er zu Hause ist, bis zum Höhepunkt am vergangenen Tag, als ihn die Agave direkt beschuldigt hat. Er befürchtet, daß Lia ihn für verrückt oder für dumm hält.

»Ich hasse diese Pflanzen«, schließt er. »Ich würde alle zerstören, wenn ich den Mut dazu aufbrächte.«

Obwohl Lia keine Ahnung hat, warum Ennio sich so aufregt, versucht sie, ihn zu beruhigen. »Du hast in den letzten Tagen sehr viel mitgemacht. Du bist verhaftet, verhört worden, hast unter Mordverdacht gestanden. Es muß ein schrecklicher Streß gewesen sein, und jetzt glaubst du, daß du die Pflanzen haßt, als wären sie Lebewesen, weil eine von ihnen einen Menschen getötet hat.«

Doch statt sich zu beruhigen, springt Ennio auf. Er steht in der Küchentür und zeigt auf das Gewächshaus: »Dort drinnen hat es Tod, Mord, Gewalttätigkeit, Verbrechen gegeben.« Seine Stimme wird immer lauter, er kann seine Erregung nicht beherrschen. »Du hast keine Ahnung, Lia. Dort drinnen haben sich entsetzliche Dinge abgespielt.«

Ennios Erregung teilt sich dem Mädchen mit, das nun auch Angst bekommt. Es sieht ihn schweigend an. Vielleicht braucht Ennio dringend einen Arzt.

Er bemerkt, daß Lia ihn nicht aus den Augen läßt, und beginnt, unzusammenhängende Vorwürfe zu erheben. »Auch du spionierst mir nach, nicht wahr? Du suchst in diesem Haus einen Schuldigen. Aber mir reicht's, ich brauche keine Ankläger, keine Andreolis und Genossen mehr.«

Er erträgt den Blick des Mädchens nicht mehr und flüchtet durch das Wohnzimmer, durch Gewächshaus und Terrasse in sein Zimmer.

Lia wartet geduldig ein paar Minuten. Schließlich geht sie zu Ennios Zimmertür und horcht. Sie hört ihn schluchzen, öffnet die Tür und schaut hinein. Der Mann liegt auf dem Bett, seine Arme und Beine zucken.

Sie tritt zu ihm und bittet ihn, sich zu beruhigen, rät ihm, einen Arzt aufzusuchen. Er kann ihm wenigstens ein Mittel gegen die Erschöpfung verschreiben.

»Sieh zu, daß du bald eine andere Unterkunft findest und aus diesem Haus hinauskommst«, rät sie ihm, während sie sich auf das Bett setzt. »Es macht dir zu sehr zu schaffen. Ich bleibe nicht hier bei dir, ich kann und will es nicht. Constanze wäre nicht damit einverstanden.«

Ennio hebt den Kopf. »Constanze, immer Constanze! Wer weiß, wo sie jetzt steckt. Wahrscheinlich irgendwo, wo es schön ist, und sie es sich gut gehen läßt. Und mir geht es hier schlecht, sehr schlecht, ich krepiere.«

Lia läßt ihn reden, damit er sich alles, was sich in den vergangenen Tagen und Nächten in ihm angestaut hat, von der Seele redet. Dann legt sie ihm die Hand auf die Schulter. »Hör zu, Ennio! Du mußt dich jetzt anziehen und einen Spaziergang machen. Du wirst sehen, daß es dir dann besser geht. Und trink nicht schon am Morgen Alkohol.« Sie schließt lächelnd. »Mir entgeht eben nichts.«

»Was willst du damit sagen?« fragt Ennio mißtrauisch. Dann dreht er das Gesicht zur Wand.

»Daß ich das Glas auf dem Telefontischchen gesehen und den Grappa gerochen habe.«

Er rechtfertigt sich damit, daß ihm kalt war, und bittet sie, ihm zu verzeihen. Allmählich wird er wieder zu einem Jungen, der Angst hat.

»Jetzt mach dich fertig und geh spazieren! Ich rufe dich wieder an.«

Lia geht durch das Gewächshaus und ist von den bizarren Pflanzen fasziniert. Aber obwohl Attilio hier gestorben ist, empfindet sie weder Abscheu noch Unbehagen noch überläuft sie ein Schauder. Und Angst hat sie schon gar keine. Sie bedauert nur den Toten. Die Pflanzen erwecken keine wie immer gearteten Gefühle in ihr. Wie könnten Bäumchen, Blumen, Sträucher schuldig werden? Das Glas des Gefäßes war gesprungen. Der Farn ist tot: er ist ebenfalls ein Opfer des fehlerhaften Glases geworden. Der Farn ist unschuldig, wie alle Pflanzen im Gewächshaus. Wie alle Pflanzen der Welt.

Während sie das Haus verläßt, vergleicht sie ihre Reaktionen mit Ennios Gefühlen. Sie versteht ihn nicht, kann sich sein Verhalten nicht erklären.

21. Kapitel

Ennio ist im Begriff auszugehen. Er steht schon auf der Schwelle und steckt den Schlüssel ins Schloß, als drinnen das Telefon läutet.

Aber auch diesmal meldet sich niemand, als Ennio vier- oder fünfmal seinen Namen nennt, immer lauter wird und schließlich den unbekannten Anrufer beschimpft und verflucht, bis er wütend den Hörer auf die Gabel wirft. Ennio fragt sich, wer, zum Teufel, immer wieder anruft, ohne sich zu erkennen zu geben. Wenn es Einbrecher wären, würden sie auflegen, sobald er sich meldet.

Dieser geheimnisvolle Anruf hat die Seelenruhe, die ihm Lia eingeflößt hat, wieder ins Wanken gebracht. Als Revanche und um sich gegen diese unerträgliche Belästigung aufzulehnen, beschließt er, bis zum Abend auszubleiben: wenn der Betreffende inzwischen anruft, wird sich niemand melden. Vielleicht wird er dann aufgeben.

Er steigt in Constanzes Auto und fährt langsam los. Bei der ersten Kreuzung biegt er ab, ohne zu wissen, wohin: es ist ihm gleichgültig, wohin er fährt. Wichtig ist nur, daß er sich möglichst weit von dem Haus Adriana entfernt.

Nach zahlreichen Steigungen und Kurven landet er auf dem Paß Centocroci. Der Tag ist kalt und wolkenlos. Von den Gipfeln der Berge wehen Schneefahnen. Ennio steigt aus. Das Restaurant am Paß ist geöffnet.

Er setzt sich an einen Tisch, von dem aus er die gezackten Bergkämme überblicken kann. Das Menü ist einfach: Polenta mit Fleisch, Bergkäse, Landwurst, Wein. Er ißt heißhungrig, und der Wein erfrischt ihn.

Bevor er geht, läßt er sich noch zwei belegte Brote zurechtmachen. Damit ist für das Abendessen gesorgt.

Er ist jetzt ruhiger und fährt weiter, bis er in der Ferne das Meer bei Sestri Levante erblickt. Von der himmelblauen Unendlichkeit her weht ein Frühlingslüftchen, das Ennio in seine Lungen saugt.

Constanze, die Verbrennungsöfen, Attilio, das Gewächshaus, die Glasgefäße: alles ist so fern, als hätte es nie existiert. Er fragt sich, ob es nicht ein langer, entsetzlicher Traum war, der von jenem Sonntagabend bis heute, Montag, den 29. März, gedauert hat.

Aber vielleicht träumt er jetzt, gerade wenn er sich entspannt, wenn er auf der Haut die leicht salzige Luft spürt. Vielleicht liegt er in diesem Augenblick im Bett und träumt, daß er weit weg, am Meer ist, unter einem blauen, wolkenlosen Himmel.

Auf der Himmelswölbung taucht ein Pünktchen auf, das langsam größer wird, sich in einen Kreis und dann in ein Oval verwandelt. Es fliegt in sehr großer Höhe in die Richtung, aus der Ennio gekommen ist: zu den Hügeln von Montalto.

Ennio verfolgt verwirrt die Bahn des Flugobjekts. Er muß lächeln, als ihm etwas einfällt: die Bilder von UFOs, den geheimnisvollen, unvorstellbaren Raumfahrzeugen außerirdischer Rassen. Das lenkt seine Gedanken auf ferne, bewohnte oder bewohnbare Welten, auf Lebensformen, von denen die Menschheit nichts weiß: Zivilisationen, Städte, Gebäude, Gewohnheiten, Kunstformen, Sprachen, die vollkommen außerhalb unserer Vorstellungswelt liegen.

Natürlich sind es Halluzinationen. Zeitungsenten. Geschichten, die Leute erfunden haben, die auf ein Zeichen vom Himmel oder eine Botschaft aus dem fernsten Winkel der Galaxis warten. Und warum sollten die Botschaften nicht aus noch größerer Ferne, aus anderen Galaxien, von Welten kommen, die um Himmelskörper kreisen, die aus reiner Energie bestehen wie die Quasare, die schwarzen Löcher, die Pulsare.

Oder ist doch etwas Wahres daran?

Der unbekannte Gegenstand entfernt sich inzwischen und wird immer kleiner, bis er nur noch ein Punkt ist; dann verschwindet er, als hätte er sich aufgelöst.

Ennio begeistert sich für seine eigenen Hypothesen. Er möchte jetzt jemandem erzählen, was er gesehen hat, aber dann überlegt er es sich. Vielleicht ist auch dieser fliegende Gegenstand nur ein Traumbild.

Er kneift sich in die Wange, reibt sich die Verletzung auf der Stirn, die bereits halb verheilt ist, aber doch leicht schmerzt.

Er zwingt sich, nicht mehr nachzudenken, steigt ins Auto und fährt die Straße zum Meer hinunter. Er will nach Sestri und sich dort unterhalten und richtig ablenken.

Die Pendeluhr nimmt ihre Arbeit ernst: als Ennio hereinkommt, schlägt sie sechs Mal.

Er setzt sich an Constanzes Schreibtisch und versucht, etwas zu zeichnen: der Tag im Freien hat ihm eine Idee für ein neues Bild beschert, und er will sie jetzt in einer Skizze festhalten.

Der Bleistift zieht ein paar Linien; als das Telefon läutet, werden jedoch nervöse Kringel daraus. Ennio zwingt sich, ruhig zu bleiben und zu warten. Er läßt es läuten. Nach zehn Minuten klingelt der Apparat noch immer wütend und hartnäckig.

Er will schon abheben, dann hält er mitten in der Bewegung inne. Er hat sich entschlossen: er meldet sich nicht.

Er schiebt den Stuhl zum Telefon und fixiert es, als wolle er es mit Hilfe seiner psychischen Kraft zum Schweigen bringen.

Aber etwas lenkt ihn ab. Seine Augen werden von einer Bewegung im Gewächshaus angezogen: ein Glasgefäß scheint sich zu bewegen, scheint aufzusteigen und aus dem Halbdunkel aufzutauchen, in dem man undeutlich die Umrisse der Pflanzen erkennt.

Ennio beobachtet regungslos, die Hände um die Armlehnen verkrampft, wie aus dem Gefäß, in dem eine Aralie zu Hause ist, ein zweites Gefäß, ebenfalls mit einer Aralie, schlüpft.

Das zweite Gefäß bewegt sich äußerst langsam, damit niemand seine Bewegung bemerkt. Schließlich bleibt es neben dem Gefäß stehen, aus dem es hervorgegangen ist, und dem es bis in die letzte Einzelheit gleicht.

Ennio muß jetzt glauben, was er sieht. Zwei Gefäße sind entstanden, zwei Aralien, zwei Glasbehälter.

Das Klingeln des Telefons unterbricht diese gespannte, verhexte Stille. Das zweite Gefäß scheint zu erschrecken: es stürzt in den Körper der Mutter und versteckt sich dort, als suche es Schutz. Als würde das Gefäß nach der geheimen Zeugung in sich selbst, in seinen gewohnten Raum zurückkehren.

Gewohnheitsmäßig und auch aus dem Bedürfnis nach einer menschlichen Stimme hebt Ennio den Hörer ab. Er erkennt sofort die Stimme seines Kunden.

»Endlich erreiche ich Sie«, stellt Arnoldo Ricci fest. »Wo haben Sie sich versteckt?«

Ennio antwortet gleichgültig: er hat im Freien gearbeitet und ist eben erst ins Haus gekommen. Doktor Ricci fragt, ob er ihn am nächsten Tag, Dienstag, um elf Uhr aufsuchen kann.

Ennio ist einverstanden und bedankt sich. Seine Dankbarkeit ist nicht nur Formsache: Ricci hat ihm zugesagt, daß er ein Bild aussuchen und kaufen wird, hat aber auch, ohne es zu wollen, das bedrohliche Wunder des zweiten Gefäßes zunichte gemacht, das jetzt verschwunden ist.

Auf dem Regal steht tatsächlich nur eine Aralie.

Eine Zigarette hilft Ennio, sich zu entspannen und nachzudenken: natürlich hat es nie zwei Gefäße gegeben; es ist kaum anzunehmen, daß eine unbedeutende, primitive Glaskugel durch Parthogenese eine zweite hervorbringen kann.

Ennio gelangt zu dem Schluß, daß es sich um eine imaginäre Verdoppelung gehandelt hat, um ein scheinbares Phänomen. Das Klingeln des Telefons hat die Vorstellung seiner vielleicht kränkelnden Phantasie unterbrochen.

Er schaltet den Luster ein und bewundert den glitzernden Wasserfall der Bleikristalle.

Riccis Anruf hat ihm wieder Mut gegeben. Er will jetzt arbeiten.

Er will die rötlichen Nuancen mit goldenen Reflexen, die er bei Sonnenuntergang in den Fenstern der Bar in Sestri Levante entdeckt hat, festhalten. Er beginnt, Farben aus verschiedenen Tuben zu drücken: Karminrot, Creme, Sienabraun, Zinnober. Er vermischt sie, taucht den Pinsel ein und fährt damit über die Leinwand. Er verbessert die Mischung, verändert die Nuancen, versucht es mit anderen Pinseln und Spachtel, verschmiert und bekleckert die Leinwand und ist mit dem Ergebnis unzufrieden.

Er versucht es noch einmal, dann verliert er die Geduld,

wirft Palette, Pinsel, Spachtel auf den Boden. Einen Augenblick später schämt er sich wegen seines kindischen Jähzorns, kniet nieder und sammelt die Malutensilien wieder ein.

Die Palette ist mit den Farben nach unten aufgefallen und hat einen großen roten Fleck auf dem Marmor hinterlassen. Die überall verstreuten Pinsel haben Flecken erzeugt, die wie längliche Tropfen aussehen.

Ennio betrachtet sie: anstelle der Ölfarben sieht er Flekken, die durch Attilios Blut entstanden sind.

Er springt auf und tränkt fieberhaft einen Lappen mit Terpentin. Verängstigt, verunsichert reibt er die Flecken weg; jetzt hat er also nicht nur vor den pflanzlichen Geschöpfen, sondern auch schon vor den leblosen Gegenständen Angst, sagt er sich.

Unerklärliche Mattigkeit lähmt seine Muskeln und Nerven, läßt seinen Verstand erschlaffen, so daß ihm nichts anderes übrigbleibt, als sich auf dem Bett auszustrecken: der Schlaf wird vielleicht die roten Spuren auslöschen, die er vergeblich mit Terpentin behandelt hat.

Mit einer Hand greift er nach der Grappaflasche, in der anderen hält er die beiden belegten Brote. Um in sein Zimmer zu gelangen, muß er durch das Gewächshaus. Er zwingt sich dazu, hält den Kopf verzweifelt hoch erhoben, sieht starr geradeaus, denkt nur an die Verbindungstür zur Terrasse und streift die Pflanzen nicht einmal mit einem Seitenblick.

Er geht verkrampft, mit durchgedrückten Knien, die Arme abgewinkelt und an den Körper gepreßt. Seine Schuhe knarren auf dem Fußboden, den er nicht ansehen will. Er blickt eigensinnig nach oben und bemerkt deshalb nicht die Falte im Linoleum, in der er mit der Schuhspitze hängenbleibt.

Er stolpert und fällt nach vorn. Instinktiv hebt er die

Hand, um die Flasche zu retten, stützt sich mit dem anderen Ellbogen ab und schlägt heftig auf den Boden auf. Die Brote schlittern davon.

Es tut weh. Verstört sucht er sein Abendbrot unter einem Regal. In seinem Gehirn verändern sich Perspektiven, Maße, Entfernungen. Der Schwindel wird stärker, im Hintergrund ertönt ein undefinierbares Summen, die Proportionen seiner Umgebung dehnen sich aus und ziehen sich wieder zusammen, wie rasch aufeinanderfolgende Wellen.

Ennio erhebt sich mühsam, geht zur Tür und lehnt sich an den Rahmen. Er schließt die Augen und wartet. Als er das Gefühl hat, daß Brummen und Wellenbewegung nachgelassen haben, schleppt er sich in sein Zimmer. Er kniet auf dem Bett nieder, zieht sich langsam aus und wartet darauf, daß er seinen Gleichgewichtssinn wiedergewinnt.

Allmählich beruhigt sich seine schwankende Umgebung. Wenn er liegt, wird der Schwindel schwächer. Und schließlich umfängt der Schlaf sein Bewußtsein und entzieht ihn seinen Zwangsvorstellungen.

Doch er döst nur, und in diesem Halbschlaf tauchen beunruhigende Personen auf: der verblutete Attilio, die erwürgte Constanze und ein Wald von Agaven, Aralien, Gummibäumen, Kakteen, Philodendren, Bambusstauden mit Mündern Händen Augen: alle diese pflanzlichen und menschlichen Wesen bilden eine Prozession, die aus der Dunkelheit auftaucht und über die ein UFO hinwegfliegt.

Der Halbschlaf wird unterbrochen. Ennio ist wieder hellwach und weiß genau, was er gesehen hat.

22. Kapitel

Die Pflanzen atmen unbeweglich um den Besucher, der das Gewächshaus betreten hat, während er wartet. Liebevoll berührt der Mann den schuppenbedeckten Stamm einer Zwergpalme, streicht über den knotigen Bambushalm, reißt den zusammengeschrumpften Faden einer Aralie und das gelbe Blatt eines Philodendron ab.

Aus der Küche hört man das Geklirr von Tellern und Gläsern.

»Ich bin gleich fertig.«

Arnoldo Ricci antwortet aus dem Gewächshaus: »Lassen Sie sich nur Zeit, Herr Ciani!«

Die Erde, in der eine Taubnessel mit gelbrot gefärbten Blättern wurzelt, ist hart. Die trockene, graubraune Schicht an der Oberfläche läßt sich nicht eindrücken.

Ennio kehrt mit dem Tablett in das Wohnzimmer zurück und stellt es auf dem niedrigen Tisch ab. Doktor Ricci setzt sich auf das Sofa. Er will gerade den Zucker im Kaffee umrühren, als er aufblickt.

»Haben Sie die Pflanzen nicht mehr gegossen? Ich habe gesehen, daß sich ein Zerstäuber im Gewächshaus befindet.«

»Das stimmt. Aber ich weiß nicht, wie er funktioniert.«

»Es kann doch nicht allzu kompliziert sein.«

»Ich lasse lieber die Finger davon«, unterbricht ihn Ennio. »Fräulein Constanze wird sich schon um die Pflanzen kümmern.«

»Haben Sie vielleicht etwas von ihr gehört?«

Ennio hat die Frage erwartet und kann deshalb vollkommen ruhig antworten: »Noch nicht.« Doch er will das Thema wechseln und fragt: »Wollen Sie sich die Bilder ansehen?«

»Deshalb bin ich hergekommen.«

»Ich hole sie.«

Ricci bemerkt, daß der Maler nicht in sein Arbeitszimmer, sondern in die entgegengesetzte Richtung geht. Als Ennio zurückkehrt, die Arme voller Bilder, fragt Ricci: »Haben Sie Ihre Gemälde in einem anderen Raum untergebracht?«

Eine unvorhergesehene Frage. Ennio sucht nach einer Erklärung. »In meinem Arbeitszimmer ist es kalt. Außerdem . . .«

Er fährt nicht fort, sondern widmet sich ganz der Aufgabe, die Bilder an die Wand zu lehnen. Er kann und will nicht gestehen, was er getan hat: kaum hatte das Sonnenlicht am Morgen die Alpträume verjagt, hat er eine kleine interne Übersiedlung veranstaltet. Er hat seine Sachen in Constanzes Zimmer gebracht, damit er nicht mehr gezwungen ist, den Weg durch das Gewächshaus zu nehmen. Er hat auch darauf verzichtet, im Wohnzimmer zu arbeiten, weil *sie* ihn durch den Bogengang hindurch bei der Arbeit beobachten und stören. Es widert ihn an, sie auch nur zu sehen. Doch in Constanzes Zimmer wird es ihm gelingen, sie zu vergessen.

Er verschwindet noch einmal und kommt mit der Staffelei zurück, die er genau in der Mitte des Wohnzimmers aufstellt. Aber Ricci besteht darauf: er will die Bilder wieder im Gewächshaus betrachten.

Ennio fällt beim besten Willen keine Ausrede ein: das Licht, das durch die Glaswände fällt, ist ideal, wenn man die Farben eines Kunstwerkes erkennen und seinen Wert abschätzen will.

Er muß Riccis Wunsch entsprechen. Widerwillig trägt er die Staffelei zu den Pflanzen hinüber, und in dem Augenblick, in dem er die Stützen festschraubt, löst sich ein Blatt vom riesigen Gummibaum und fällt mit der Kante auf seinen Hals. Ennio zuckt bei dem unerwarteten Aufprall zusammen und blickt zur Pflanze hinauf, worauf das nächste Blatt zwischen seiner Stirn und seiner Nase landet. Er läuft aus dem Gewächshaus hinaus, reibt sich den Nacken und brüllt:

»Die verdammte Pflanze hat mich erschreckt!«

Ricci mustert ihn verständnislos. »Was erzählen Sie da? Sie sind an die Pflanze gestoßen.«

Arnoldo Ricci, der hinter Ennio gestanden hat, hat die beiden Blätter beobachtet, die unvermittelt wie zwei bleierne Beile heruntergefallen sind, um zuzuschlagen und zu spalten. Er hat auch bemerkt, daß ein Zucken durch die Pflanze gelaufen ist, als stelle sich der riesige Gummibaum wie ein Mensch auf die Zehenspitzen und schüttle sich, um die beiden Blätter abzuwerfen.

Ennio verteidigt sich erbittert: »Ich habe sie nicht berührt.«

Er läßt sich in den Fauteuil fallen: er ist ganz sicher, daß er zu dieser verdammten Pflanze Abstand gehalten hat, daß er sich davor gehütet hat, an sie zu stoßen. Allerdings wäre die einzige mögliche Erklärung, daß er sie unwillkürlich gestreift hat.

»Ich habe es jedenfalls nicht bemerkt.«

Der Gummibaum vibriert immer noch von der Basis des dicken, verholzten Stammes bis zur Spitze, an der sich ein neues, noch zusammengerolltes und durch eine rötlich-violette Hülle geschütztes Blatt wie die blutige Spitze eines Dolches in die Höhe streckt.

Doktor Ricci macht ein paar Schritte auf den Gummibaum zu, ohne ihn aus den Augen zu lassen. Der Körper der Pflanze beruhigt sich allmählich, bis er wieder unbeweglich verharrt. Ricci hebt die beiden Blätter auf: sie sind lederartig, glänzend, kräftig. Der Stiel ist grün. Die Blätter haben am Stamm einen ovalen Fleck hinterlassen, als hätte sie ein überaus feines Messer abgetrennt. Ricci streicht über die Flecken und stellt fest, daß sie feucht sind.

Es besteht kein Zweifel: die Blätter sind vollkommen gesund.

»Er verliert die Blätter. Das ist aber merkwürdig, um diese Jahreszeit ...«

»Auch gestern ist ein Blatt heruntergefallen.«

Ennio sitzt beinahe zusammengekauert in seinem Stuhl. Er wartet darauf, daß seine Hände aufhören zu zittern. Seine Zähne klappern.

»Hier herrscht eine Saukälte«, rechtfertigt er sich.

Ricci streicht über ein anderes Blatt. Die Zwergpalme vermittelt seinen Fingerkuppen eine Folge von kaum wahrnehmbaren Erschütterungen, wie Mikropulsationen der Fasern. Doch dieser Eindruck wird immer schwächer und hört schließlich ganz auf.

Ricci bleibt bei der Palme stehen, berührt ein weiteres Blatt und wendet sich dann an Ennio:

»Ist Ihnen noch immer kalt?«

»Ich ziehe mir etwas über. Entschuldigen Sie mich nur einen Augenblick.«

Ricci folgt dem Maler, der den Korridor betritt, mit den Blicken, behält aber den direkten Kontakt mit der Pflanze bei. Seine Finger betasten sie, als würde er sie abhorchen.

Ennio kehrt in das Gewächshaus zurück, stellt ein Bild auf die Staffelei und beginnt sofort zu husten.

Ricci hat keinen Augenblick den Körperkontakt mit der Pflanze unterbrochen. Und jetzt kann es keinen Zweifel geben: in dem Augenblick, in dem Ennio zurückgekehrt ist, ist die Pflanze in fieberhafte Erregung geraten. Die ungeheure, unerklärliche Spannung, die sich vom Blatt aus seinen Fingern mitteilt, ist deutlich spürbar: eine Art elektrischer Strom, der sich über den Arm im ganzen Körper verteilt.

Ennio hustet immer noch. Er läßt das Bild stehen und kehrt in das Wohnzimmer zurück. Dort setzt er sich auf das Sofa, lehnt den Kopf an die Lehne und greift sich mit der Hand an die Kehle. Seine Stimme ist vom Husten erstickt, als er den Gast auffordert, sich das Bild in aller Ruhe anzusehen.

Aber Ricci betrachtet nicht das Bild, sondern Ennio, ohne dabei den Kontakt mit der Palme aufzugeben. Er muß mit Gewalt den Wunsch unterdrücken, die körperliche Verbindung mit dem pflanzlichen Geschöpf zu unterbrechen. Daher bemerkt er, als Ennio sich entfernt, daß das Zittern der Pflanze und die von ihr ausstrahlende Elektrizität allmählich schwächer werden und schließlich ganz aufhören.

Ennio fährt sich mit dem Taschentuch über die Stirn. Dann schneuzt er sich.

»Sie haben sich anscheinend erkältet«, bemerkt Ricci. Er läßt die Palme los und betrachtet das Bild. »Ich werde wahrscheinlich dieses hier nehmen. Wenn es Ihnen nichts ausmacht, komme ich morgen wieder. Ich habe leider mein Scheckheft vergessen.«

»Sie können das Bild auch sofort mitnehmen. Bezahlen Sie es, wenn Sie dazukommen, zum Beispiel, wenn Sie wieder einmal in Montalto sind.«

»Danke, Herr Ciani. Aber nehmen Sie es mir nicht übel, für die endgültige Auswahl möchte ich mich von einem Freund beraten lassen, der Kunstsachverständiger ist. Zufällig ist er auch Botaniker. Für ihn wäre es ein einmaliges Erlebnis, wenn er ein so interessantes und so ...« – er sieht Ennio direkt in die Augen – »so seltsames Gewächshaus kennenlernen könnte.«

»Warum seltsam?«

»Ich meine originell.«

Riccis Experiment ist geglückt: der Maler weiß über die unerklärlichen Phänomene Bescheid, auch wenn er aus persönlichen Gründen nicht darüber sprechen will.

»Bis morgen. Am Nachmittag, wenn es Ihnen recht ist.«

Ricci verläßt das Haus. Ennio lauscht den Schritten, die sich über den Kies entfernen. Er ist wieder allein, von Schrecken, Zweifeln, Fragen umgeben. Er fragt sich, was Ricci wirklich von ihm will, ob er ein Bild kaufen oder ihn nur beobachten will. Was hat er gesehen? Wie hat er die Bewegungen der Pflanze und das Fallen der beiden Blätter erklärt? Hat er wirklich geglaubt, daß Ennio an die Pflanze gestoßen ist?

Falls er nicht tatsächlich an sie gestoßen ist. Ennio weiß, daß ein Gummibaum sehr viel Wasser braucht und daß eine leichte Erschütterung genügt, damit ein Blatt abfällt. Und nach einer Erschütterung ist es selbstverständlich, daß sich die Pflanze einige Zeit bewegt und schwankt, auch wenn sie ein kräftiger, riesiger Gummibaum ist.

Das Klingeln des Telefons trifft ihn wie ein Stich. Er möchte es läuten lassen, bringt es aber nicht fertig. Er nimmt den Hörer ab und brüllt hinein: »Ja!«

Niemand meldet sich.

Er zieht wütend den Stecker heraus. Aber der Gedanke, daß Lia anrufen könnte, veranlaßt ihn, ihn wieder hineinzustecken.

Jemand trommelt an die Eingangstür.

Auf die Frage »Wer ist da?« antwortet Lia, die durch die offene Gartentür hereingekommen ist.

23. Kapitel

»Im Briefkasten war Post«, erklärt sie und zeigt ihm mehrere Kuverts. »Ich glaube, es sind Strom- und Gasrechnungen.«

Lia ist wirklich ein liebes Mädchen. Ihre Anwesenheit genügt, um die Halluzinationen zu vertreiben. Doch einen Augenblick später kommt die gefürchtete Frage:

»Hat Constanze von sich hören lassen?«

Es gibt keine plausible Erklärung, und Ennio wird von trockenen Hustenanfällen geschüttelt, während er mit halb erstickter Stimme antwortet: »Nein, nichts.«

Lia sieht ihn aufmerksam an und zieht die Augenbrauen in die Höhe. »Du hast Ringe unter den Augen. Hast du schlecht geschlafen? Nimm doch ein Schlafmittel!«

Er zuckt die Achseln, als wolle er sagen, daß es zwecklos ist. Er will das Thema wechseln. Vor allem möchte er nicht, daß sie ihm weitere Fragen stellt. Das Mädchen hört jedoch nicht auf, will alles mögliche wissen, läßt nicht locker. Ennio ist froh, als er ihr eine Neuigkeit erzählen kann, die ihn zu keiner Lüge zwingt: es hat ihn jemand besucht, der Interesse an seinen Arbeiten hat.

Er lächelt beinahe. »Er möchte ein oder zwei Bilder kaufen.«

Lia zeigt auf die Staffelei und die herumliegenden Bilder. »Deshalb liegt das Zeug hier herum. Alle Achtung – ich wünsche dir, daß das Geschäft zum Abschluß kommt.

Du brauchst es.« Sie fährt sich rasch über die Haare. »So, und jetzt räumen wir alles weg.«

Sie geht ins Gewächshaus, doch Ennio folgt ihr nicht. Er bückt sich, tut, als würde er einen Schuh zubinden und murmelt etwas über zu kurze Schnürsenkel. Dabei beobachtet er das Mädchen, das mit der Staffelei zurückkommt.

»Hilf mir, sie ist schwer!«

Ennio richtet sich auf, schlurft widerwillig zu ihr und ist dabei auf einen neuerlichen Angriff seiner Feindinnen gefaßt. Er nimmt die Staffelei an einer Seite, Lia an der anderen. Ennio ist bestrebt, den Pflanzen nicht zu nahe zu kommen, und beobachtet sie, als wolle er ihnen sagen, daß er sie unter Kontrolle hat.

Die Pflanzen bewegen sich nicht, scheinen sich nicht um ihn zu kümmern. Alles ist ruhig und normal, als seine Hände plötzlich von den Fingerspitzen bis zu den Gelenken zu kribbeln beginnen. Er hat das Gefühl, daß sich ihm Hunderte Nadeln in die Haut bohren. Er muß loslassen, Lia ist nicht darauf gefaßt, und die Staffelei fällt um und trifft ihn in die Seite.

Lia verliert die Geduld. »Was treibst du eigentlich?«

Ennio greift sich mühsam an die Stirn. »Ich fühle mich schlecht. Meine Augen sind verschleiert, um mich dreht sich alles.«

Lia faßt ihn am Arm und zieht ihn beinahe zu einem Stuhl.

»Bleib hier! Ich bringe dir ein Glas Zuckerwasser.«

Ennio lehnt im Fauteuil, schließt die Augen halb, sieht zum Gewächshaus hinüber und überrascht einen Philodendron, der aus dem Bogengang auftaucht und auf ihn zukommt.

Lia kehrt mit dem Glas aus der Küche zurück und zuckt zusammen, als sie Ennio schreien hört. Sie beugt sich über ihn, erkundigt sich, was los ist. Ennio spricht nicht, sondern blickt starr auf jemanden, den nur er sieht.

Die Besorgnis des Mädchens verwandelt sich in Ungeduld. »Würdest du mir vielleicht erklären, was los ist?«

»Merkst du es denn nicht? Die Pflanzen bewegen sich. Sie gehen. Bald werden sie hier sein«, antwortet er halb erstickt. Er umklammert die Armlehnen des Fauteuils und stemmt sich in die Höhe: »Dann ist es aus mit mir. Sieh doch: der erste ist der Philodendron, dann folgen die Agave, die Palme, der Bambus, und hinter ihnen alle übrigen.«

Er wirft sich mit einer verzweifelten, hilflosen Bewegung zurück, als wolle er den Geschöpfen ausweichen, die ihn sofort berühren werden.

Doch Lia sieht keine Pflanzenschar auf dem Kriegspfad: die Pflanzen befinden sich natürlich an ihren Plätzen im Gewächshaus, nicht einmal ein Blatt regt sich.

Sie greift nach Ennios Arm. »Gehen wir! Ich bringe dich ins Bett. Hier hast du es nicht bequem.«

Sie faßt ihn unter den Armen, hilft ihm aufzustehen und führt ihn zum Gewächshaus, weil sie ihn in sein Zimmer bringen will.

Ennio brüllt auf wie ein waidwundes Tier. »Nicht dorthin, nicht dorthin! Bring mich in Constanzes Zimmer!«

Wie eine zärtliche Schwester zieht ihn Lia durch den Korridor zum Zimmer. Sie hilft ihm aufs Bett, deckt ihn zu und zieht die Jalousie hinunter, damit er mehr Ruhe hat. Im Halbdunkel verschwinden die harten Umrisse und Ecken der Möbel.

»Ich mache dir Kamillentee.«

Die Stille, die Dämmerung und Lias Fürsorge lösen allmählich Ennios nervöse Spannung; er sieht zu ihr hinüber. Sie sitzt am Fußende des Bettes: »Ich bleibe bei dir, bis du dich beruhigt hast. Dann rufe ich meinen Arzt an. Er wird dir bestimmt ein Medikament verschreiben.«

»Ich kann mich nicht beruhigen. Die letzten Tage sind einfach furchtbar gewesen.« Er schweigt eine Weile, dann fragt er mit veränderter Stimme: »Hast du denn nicht die Pflanzen gesehen, die auf mich zugekommen sind?«

»Ganz bestimmt nicht. Das hast du dir nur eingebildet.«

»Du lügst mich doch nicht an, oder?«

»Natürlich nicht. Hast du jemals eine Pflanze gesehen, die geht? Versuch doch, vernünftig zu überlegen!«

»Sie sind auf mich zugekommen, haben die Äste nach mir ausgestreckt, mich angesehen. Sie hatten große runde Augen auf den Blättern. Scheußliche, grüne, glänzende Augen. Wenn du nicht gewesen wärst, hätten sie mich umgebracht.«

Lia erklärt ihm, daß die Art, wie Attilio gestorben ist, zu ungewöhnlich, zu entsetzlich war, deshalb hat sie einen solchen Eindruck auf Ennio gemacht. Natürlich fällt es ihm schwer, damit fertigzuwerden. Auch sie ist deprimiert und unglücklich: sie hat Angst, daß Constanze etwas zugestoßen ist.

Bei diesem Namen greift sich Ennio mit beiden Händen an den Magen; die Bewegung erfolgt so brüsk, daß Lia überrascht ist.

»Was ist denn jetzt wieder los?«

»Da drinnen schmerzt es.«

Allmählich ärgert sich Lia über diesen Mann, der unter Halluzinationen und plötzlichen, nicht ganz erklärbaren Schmerzen leidet. Deshalb fragt sie ruhig, ihm gütig zuredend: »Sag mir die Wahrheit, Ennio, mir kannst du vertrauen. Belastet etwas dein Gewissen?«

»Was sollte mich belasten?«

»Hattet ihr Constanze an dem Sonntag abend, an dem sie das Haus verlassen hat, etwas angetan? Habt ihr gestritten?«

»Ich habe dir doch schon erklärt, daß wir ihr nichts getan haben«, regt sich Ennio auf. »Was hätten wir ihr denn tun sollen?«

»Sie schlagen. Ich weiß genau, daß Attilio leicht handgreiflich wurde und unbeherrscht war.«

»Und was hat es mit mir zu tun, wenn er sie verprügelt hat?«

»Er hat sie also geschlagen – verprügelt, wie du es nennst.«

Ennio hat das Gefühl, daß er, ohne zu wollen, etwas Schwerwiegendes gestanden hat, und ärgert sich über sich selbst und über Lia. Seine Stimme klingt zornig und hart: »Hör endlich auf, den Inquisitor und den Richter zu spielen! Ich habe mit der ganzen Geschichte überhaupt nichts zu tun. Ich war ja auch nicht Constanzes Geliebter.«

»Das stimmt, du warst nicht ihr Geliebter. Aber hör mir zu! Falls du etwas Unrechtes getan hast, dann stell dich der Polizei! Es wäre für dich viel besser. Du kannst nicht in dauernder Furcht leben.«

»Furcht? Was für Furcht?« brüllt er. »Denk daran, daß ich nichts getan habe! Mich stellen? Attilio hat ...«

Er hält inne, weil ihm klar wird, daß er die Ermordung Constanzes gestehen wollte.

Lia wartet vergeblich darauf, daß er den Satz beendet. Dann fragt sie: »Was hat Attilio?«

»Attilio hat mir ihr geschlafen.«

»Das hattest du schon gesagt. Du wolltest etwas anderes gestehen, das wichtiger und nicht allgemein bekannt ist.«

Ennio fleht sie beinahe weinend an: »Bitte hör doch

endlich auf! Du machst mich fertig, und ich bin ohnehin erledigt.«

Er schließt die Augen, als wolle er schlafen.

Lia bleibt sitzen und versucht, aufgrund von Ennios Worten die Wahrheit zu erraten – vor allem aufgrund der Tatsachen, die er ihr verschwiegen hat.

Das Schweigen dauert lange. Am Haus fährt kein einziges Auto vorbei, und die Hügel ringsum sind menschenleer. Dann läuten die Glocken.

»Mittagszeit«, stellt Lia fest. »Hast du etwas zum Essen im Haus?«

Ennio sieht sie verständnislos an, und weil er beschlossen hat, ihr alles zu gestehen, flüstert er: »Ich muß mit dir sprechen.«

Doch die kurze Pause zwischen dieser Eröffnung und dem Geständnis wird plötzlich durch sein Gebrüll unterbrochen. »Die Pflanze! Die Pflanze! Sie streckt die Arme aus und will mich packen!«

Er zeigt schluchzend zur Ecke zwischen Tür und Wand. Lia ist mit einem Sprung dort, aber in dem dunklen Zimmer bemerkt sie nichts Außergewöhnliches.

Ennio tobt weiter: »Dort, in der Ecke. Eine Pflanze hat sich ins Zimmer geschlichen.«

Lia schaltet das Licht ein. »Jetzt siehst du, was es ist.«

Ein Kleiderständer mit vier Armen steht in der Ecke, in der er sich seit Jahren befindet: ein altmodischer Kleiderständer aus Nußholz, wie das Bett, die Stühle, der Toilettetisch, der Schrank.

»Und was sagst du jetzt?« Sie mustert ihn streng von oben bis unten und fügt entschieden hinzu: »Die ganze Geschichte von diesem Sonntag an gefällt mir nicht.«

Ennio stammelt: »Ich habe wirklich geglaubt, daß es sich um eine Pflanze handelt.«

»Sie gefällt mir überhaupt nicht!« wiederholt Lia.

Unvermittelt behauptet sie, daß sie gehen muß, und verschwindet ohne weitere Erklärungen. Die Eingangstür fällt hinter ihr hart ins Schloß. Ennio ist allein.

Dann beginnt das Telefon mit mechanischer Regelmäßigkeit zu klingeln, das Geräusch erfüllt das Haus, tötet die Stille und martert Ennios Gehirn. Er versteckt den Kopf unter dem Kissen und preßt es sich an die Ohren, um nichts mehr zu hören oder um wenigstens die körperlichen und seelischen Qualen zu lindern, die diese hartnäckigen Anrufe bei ihm verursachen.

24. Kapitel

Lia zieht eine Zigarette heraus, klopft mechanisch auf ihre Spitze und rollt sie zwischen den Fingern. Polizist Rubino betätigt sofort das Feuerzeug, obwohl ihm klar ist, daß die Bewegungen des Mädchens eher der Nervosität als dem Bedürfnis nach einer Zigarette entspringen.

Nach einigen Zügen findet Lia endlich den Anfang für ihre Aussage: sie befürchtet, daß ihre Freundin, die seit neun Tagen verschwunden ist, das Opfer eines unerfreulichen, vielleicht sogar ernsten Zwischenfalls geworden ist. Sie hält es für unwahrscheinlich, daß Constanze bis jetzt keine Zeit oder keine Möglichkeit gefunden hat zu telefonieren.

»Vielleicht ist sie abgereist, weil sie vollkommen ungestört sein wollte«, bemerkt Doktor Andreoli. »Vielleicht möchte sie einige Tage oder Wochen ganz allein bleiben und niemanden wissen lassen, wo sie sich aufhält.«

Lia antwortet mit einer Frage: »Halten Sie das für möglich?«

»Ich kenne Fräulein Pagani nicht, aber es ist keineswegs ausgeschlossen. Solche Sachen sind schon vorgekommen. Manchmal wenden sich besorgte Familienangehörige an die Polizei, um den Ehemann, den Sohn suchen zu lassen, und dann finden wir heraus, daß der Betreffende ausgebrochen ist, seine Ruhe haben wollte, und zwar gerade vor seinen Familienangehörigen.«

Lia streift die Asche ihrer Zigarette ab, zieht daran. »Sie kennen eine wichtige Einzelheit nicht, Doktor Andreoli:

Constanze und Attilio haben seit einigen Monaten ständig gestritten, hatten zahlreiche Auseinandersetzungen, kurz, sie verstanden sich nicht mehr.«

Andreoli runzelt die Stirn. »Als wir Sie befragt haben, haben Sie jedoch das Gegenteil behauptet.«

Das Mädchen ist durch den strengen Ton eingeschüchtert, gibt sich jedoch einen Ruck und bestätigt, daß sie jetzt die Wahrheit sagt, nicht damals. Damals hatte sie keinen Grund, die Privat- und Intimangelegenheiten ihrer Freundin publik zu machen. Doch jetzt kehrt Constanze nicht zurück, meldet sich nicht, und deshalb sagt Lia, sie befürchte, daß Constanze ermordet worden ist.

Andreoli und Rubino lächeln.

»Aber, aber. Ermordet! Von wem denn?«

»Von Attilio, an dem Sonntagabend, an dem sie verschwunden ist.«

»Wo sollte er denn den Körper versteckt haben? Ein Leichnam ist nämlich reichlich unhandlich.« Andreolis Ton ist geschäftsmäßig. »Man kann ihn nicht so leicht verstecken, wie Sie annehmen.«

Sie bemüht sich, ruhig zu bleiben. »Ich weiß nicht, wo der Leichnam ist. Aber ich weiß, daß Attilio fähig war, sie zu töten. Er war brutal, anspruchsvoll, egoistisch. Das Geld, das ihm Constanze gab, genügte ihm nie.«

»Die Dame hatte das Recht, über ihren Besitz zu verfügen, finden Sie nicht?«

»Sie konnte nicht mehr tun, was sie wollte. Er bedrohte, schlug sie. Er hat sie gezwungen, den Schmuck ihrer Großmutter zu verkaufen. Constanze hat ihm alles gegeben, was sie besaß. Ihr Einkommen, ihre Ersparnisse. Zum Schluß war ihr überhaupt nichts mehr geblieben.«

Rubino fragt: »Warum hat sie ihn dann nicht hinausgeworfen? Warum hat sie ihm nicht den Laufpaß gegeben oder sich an uns gewendet?«

»Sie hatte Angst. Sie stand ständig unter Attilios Aufsicht sowie unter der seines Freundes, des Malers Ennio Ciani, den Sie ja kennen.«

»Und was halten Sie jetzt von Ciani? Bezeichnen Sie ihn immer noch als braven Jungen?«

»Nein. Ich glaube, daß er über dieses Geheimnis genau Bescheid weiß. Er lebt in ständiger Angst, wird von Alpträumen und Halluzinationen verfolgt.«

»Es hat sich herausgestellt, daß ihn an dem Tod Attilio Platonis ganz bestimmt keine Schuld trifft.«

»An Attilios Tod nicht. Aber ich habe vor wenigen Stunden mit Ennio gesprochen: wenn man Constanzes Namen auch nur erwähnt, verliert er die Selbstbeherrschung. Er könnte Attilios Komplize bei der Ermordung Constanzes gewesen sein.«

Andreoli schlägt mit der Hand auf den Schreibtisch. »Bedenken Sie genau, was Sie sagen, Fräulein Vercesi! Wenn Sie keine Beweise haben, riskieren Sie eine Verleumdungsklage. Um so mehr, als es keine Abgängigkeitsanzeige und noch weniger eine Anklage wegen Mordes gibt.«

Lia nickt. Dann streicht sie die Haare zurück und sagt entschieden: »Ich bin im Vertrauen zu Ihnen gekommen, nicht, um Anklage zu erheben. Ich habe Ihnen über meine Befürchtungen, meine Zweifel berichtet, auch weil ich das moralische Bedürfnis hatte, meine Aussage von damals richtigzustellen. Ich habe es für meine Pflicht gehalten. Und ich kann Ihnen außerdem verraten, daß nicht nur Constanze Angst hatte und ausgenützt wurde. Ennio Ciani ging es genauso. Deshalb nehme ich an, daß Ennio Attilio geholfen haben könnte, wenn dieser Constanze etwas angetan hat ... – wie Sie sehen, spreche ich nicht von Mord. Attilio hätte ihn dazu zwingen können. Außerdem ist Ennio kein Unschuldsengel und leidet unter einem Minderwertigkeitskomplex, so daß er häufig aggressiv wird.«

Sie spricht aufrichtig, ist von dem überzeugt, was sie sagt, und macht den Eindruck eines Menschen, der seine schweren Zweifel laut äußert, um zur Wahrheitsfindung beizutragen.

Andreoli hat Lias Aussagen überdacht und sagt jetzt ruhig: »Ich danke Ihnen für Ihre Informationen. Wir werden sie berücksichtigen. Aber – wo ist der Leichnam Constanze Paganis? Niemand hat ihn bisher gefunden. Deshalb sollten Sie sich beruhigen – Ihre Freundin wird sich bestimmt früher oder später bei Ihnen melden.«

Das Mädchen steht auf und drückt die Zigarette im Aschenbecher aus. Dann sieht sie Andreoli und Rubino an.

»Ich habe nichts mehr zu sagen. Ich habe Ihnen alles berichtet, was ich weiß und was mir Sorgen bereitet. Wenn ich von Constanze höre, werde ich es Sie wissen lassen.« Doch die letzten Worte klingen nicht überzeugt.

Als Lia die Polizeistation verlassen hat, besprechen Andreoli und Rubino den Fall und gelangen zum einfachsten Schluß: das Gefühl für ihre Freundin, deren plötzliche, unerklärliche Abreise, ihr Stillschweigen, das durch Attilios seltsamen Tod verschärft wird, haben bei Lia Vercesi Angst und Unsicherheit ausgelöst und zu phantastischen Schlußfolgerungen geführt.

Rubino ist nachdenklich. »Phantastisch, aber nicht absurd. Unter uns gesagt, die Geschichte unserer Zeugin ist nicht absolut unglaubwürdig.«

Andreoli lächelt. »Die schöne Lia hat dich offensichtlich beeindruckt. Du bist noch sehr jung, Rubino.«

25. Kapitel

»Das ist Professor Vladimir Lamberti, Leiter des Instituts am Botanischen Garten. Ein Kunstliebhaber und mein Freund.«

Ennio verbeugt sich und fordert Ricci und seinen Begleiter auf, Platz zu nehmen. Professor Lamberti hat eine dicke Ledertasche bei sich, deren Zweck Ennio nicht erraten kann.

»Wie ich gestern früh erwähnt habe«, fährt Ricci fort, »wird Vladimir mir sagen, was er von dem Bild hält. Damit wird er bestimmt die letzten Zweifel beseitigen.«

»Sehr gut«, antwortet der Maler. »Ich hole Bilder und Staffelei.«

Kaum ist Ennio im Korridor verschwunden, gehen Ricci und sein Freund rasch ins Gewächshaus. Doktor Lamberti öffnet die Tasche und entnimmt ihr einen kleinen Apparat, der mit vielen dünnen Drähten versehen ist. Dann folgt ein zweites, kompliziertes Gerät sowie weitere kleine Vorrichtungen, die vollkommen gleich aussehen. Lamberti befestigt die Instrumente rasch und geschickt an den Stämmen der Pflanzen, an den Ansatzstellen der Äste oder der Stiele und neben den Wurzeln. Er tarnt sie mit Blättern oder bedeckt sie mit Erde.

Ricci steht Wache, um Lamberti aufmerksam zu machen, wenn der Maler zurückkehrt. Um nicht aufzufallen, unterhalten sich die beiden Männer laut: sie loben die Schönheit des Gewächshauses, Details eines Blattes, die Farbe einer Blüte. Während Lamberti einen Apparat an einer kleinen Palme befestigt, nennt er ihren wissenschaftlichen Namen:

»Es ist eine Kentia Forsteriana, deren Blätter sehr oft gewaschen werden müssen.«

Ennio, der mit Bildern beladen zurückkehrt, hört kein einziges Wort des Gesprächs. Er erfaßt nur die schreckliche Tatsache, daß die beiden sich im Gewächshaus befinden, daß somit auch er gezwungen ist, es zu betreten, die Staffelei aufzustellen und die Bilder dann vorzuführen.

Alles läuft genauso ab wie in den vergangenen Tagen: Ricci fordert ihn auf, die Bilder im Gewächshaus zu präsentieren.

Ennio gehorcht automatisch, geht mit steifen Knien, um Haltung zu bewahren, bewegt die Arme vorsichtig, um weder Blätter noch Äste zu berühren. Er möchte am liebsten schweigen, damit er sich besser auf seine Bewegungen konzentrieren kann. Doch das ist nicht möglich, denn Lamberti und Ricci stellen ihm Fragen, wollen wissen, seit wann er malt, bei wem er studiert hat, mit was für Schwierigkeiten er gekämpft hat, welcher künstlerischen Richtung er angehört. Während dieser Fragen und seiner raschen Antworten ist Ennio gezwungen, bei seinen Besuchern im Gewächshaus auszuharren, wo er ein Bild nach dem anderen auf die Staffelei stellt.

»Ich habe mich also für dieses Bild entschieden, Vladimir, Sie müssen dann ein gleichartiges Gemälde malen, Herr Ciani, weil ich ein Pendant dazu brauche. Sehen Sie einmal hier ... – aber Sie wissen es ohnehin, Sie haben es ja gemalt. Diese Farbe des irdischen Himmels, der sich zu einem umfassenderen Himmel erweitert, oder eigentlich zum galaktischen Raum – diese Farbe ist von einmaliger Originalität, und ich möchte, daß Sie in einem weiteren Bild den Ausgangspunkt dieser Nuance finden und das

Gefühl der Zusammengehörigkeit der beiden erwekken …«

Ricci verliert sich in Erklärungen und wendet sich ununterbrochen an Ennio, der sich schließlich an die Wand lehnt, von einer entsetzlichen Vision überwältigt wird und die Augen schließt, um nichts mehr zu sehen. Seine Lippen sind so blaß, daß sie sich nicht mehr von der Gesichtshaut abheben.

»Etwas nicht in Ordnung, Herr Ciani?«

»Ein leichter Schwindelanfall. Wahrscheinlich das Terpentin«, improvisiert Ennio. Dann schleppt er sich ins Wohnzimmer und fällt auf einen Stuhl. Er kann den beiden Männern nicht verraten, welche drohenden Bewegungen er wahrgenommen hat. Die Gäste können sie nicht bemerkt haben, weil sie den drei schrecklichen Pflanzen, die ihn bedroht haben, den Rücken zugekehrt haben.

»Wenn Ihnen nicht gut ist, gehen wir.«

Ennio, der neben dem Telefon sitzt, bekommt allmählich wieder Farbe. »Aber nein, das kommt nicht in Frage. Mir geht es schon besser.«

Doktor Lamberti ist mit der Entscheidung seines Freundes einverstanden: er lobt das Werk und äußert sich positiv über die Komposition und die Farbenskala.

»Jetzt kann ich also zahlen«, schließt Ricci herzlich. »Das Bild nehme ich gleich mit, denn ich bin mit dem Wagen hier.«

Ennio steht auf. Das Geschäft ist endlich abgeschlossen. Er nennt einen sehr hohen Preis, den er natürlich herabsetzen würde, wenn der Käufer dagegen Einwände erhebt.

Aber Doktor Ricci hat nichts einzuwenden. Er lehnt sich an den Schreibtisch, nimmt sein Scheckheft heraus, füllt einen Scheck aus, reißt ihn ab und legt ihn lächelnd auf die Schreibtischplatte. »So, das wär's, und vielen Dank.« Ennio bedankt sich ebenfalls, greift jedoch aus Höflichkeit nicht sofort nach dem Scheck, sondern betrachtet unauffällig das kleine rechteckige Blatt. Dabei fällt ihm das rote Etui auf, in dem das Scheckheft steckt und das Ricci auf dem Schreibtisch liegengelassen hat, während er den Kugelschreiber einsteckt. Der Name seines Besitzers ist in Goldbuchstaben darauf gedruckt: RICHTER ARNOLDO RICCI.

Ennios Herz fängt an, wie wahnsinnig zu rasen, es überläuft ihn heiß und auf seiner Stirn stehen Schweißperlen. Er glaubt zu begreifen, daß dieser Richter sich nicht aus künstlerischem Interesse an seine Fersen geheftet hat, sondern weil er ihn verdächtigt.

Ennio weiß allerdings nicht, um was für einen Verdacht es sich handeln könnte: es ist eindeutig festgestellt worden, daß er nichts mit Attilios Tod zu tun hat. Dann also Constanzes Tod. Aber niemand weiß, daß Constanze tot ist. Und seines Wissens ist der Leichnam nie gefunden worden. Damit ist ausgeschlossen, daß man je eine Spur von ihm entdeckt – die Müllverbrennungsöfen haben ihr Werk vor vielen Tagen vollbracht.

Damit beruhigt sich Ennio wieder: zufällig und glücklicherweise hat ein Richter sein Bild gekauft. Es hätte genausogut ein Arzt, ein Professor, ein Bankangestellter, ein Drogist sein können. Ennio hat ja Ricci auch vollkommen zufällig in der Galerie Asteroide kennengelernt.

Ricci hat das Scheckheft in die Tasche gesteckt und ist wieder zu seinem Freund Lamberti in das Gewächshaus getreten, der sich inzwischen mit den Pflanzen beschäftigt hat: er hat sie betrachtet, gelegentlich ein Blatt oder einen Zweig berührt – in Wirklichkeit jedoch die Mikroapparate besser versteckt.

»Wenn Sie nichts dagegen haben«, wendet sich Lamberti an Ennio, »werde ich Sie in den nächsten Tagen noch einmal aufsuchen. Vielleicht entschließe auch ich mich dazu, eines Ihrer Bilder zu kaufen. Außerdem möchte ich gern einen Blick auf diese Pflanzen werfen. Ich habe den Eindruck, daß sie etwas vernachlässigt sind. Sie wissen sicherlich, daß Frau Doktor Pagani meine Mitarbeiterin im Botanischen Garten ist. Constanze wird sich bestimmt darüber freuen, daß ich mich persönlich um ihr Gewächshaus kümmere. Für sie handelt es sich nicht um einen Zeitvertreib, sondern um echte wissenschaftliche Arbeit.«

»Aber natürlich«, antwortet Ennio. Die Worte kommen von selbst über seine Lippen, unabhängig von den Vorgängen in seinem Gehirn. »Kommen Sie, wann immer Sie Lust haben! Rufen Sie mich aber bitte vorher an.«

»Übrigens«, unterbricht ihn Ricci, als wäre ihm plötzlich etwas Wichtiges eingefallen. »Ich habe gestern bei gemeinsamen Freunden Doktor Andreoli getroffen. Er hat mir erzählt, daß Fräulein Pagani ihn angerufen hat.«

Lamberti mischt sich sofort überrascht ein: »Wirklich? Das freut mich aber.«

Ennio, der mit Mühe sein seelisches Gleichgewicht wiedergefunden hatte, ist verblüfft und entsetzt. Er begreift diese unglaubliche, absurde, verwirrende Realität nicht. Ricci zufolge kann also eine Tote sprechen, ein Leichnam telefonieren. Oder genauer: ein Häufchen Asche kann wieder Gestalt annehmen, mit Händen, Füßen, Gesicht, Stimme.

»Das ist doch nicht möglich«, meint er beinahe tonlos. Damit beantwortet er beinahe instinktiv seine eigenen Fragen und die Behauptung des Richters Ricci, der ruhig und gleichgültig reagiert: »Warum sollte es nicht möglich sein? Der Anruf kam gestern nachmittag.«

Ennio bekommt kaum noch Luft: eine unsichtbare, aber kräftige und brutale Hand drückt ihm den Hals zu. Er hustet lange stoßweise und fragt schließlich: »Was hat Constanze genau gesagt?«

»Daß es ihr gutgeht, daß wir uns ihretwegen keine Sorgen machen sollen.«

Ennios Husten wird immer schlimmer.

»Sie sollten sich schonen, mein lieber Ciani. Der Schwindel, der Husten ... Sie sind offensichtlich erschöpft. Oder haben Sie sich erkältet?«

Ennio unterbricht ihn. »Darf ich Ihnen Grappa anbieten?«

Er empfindet das unwiderstehliche Bedürfnis, sich zu erfrischen und greift nach der ersten Ausrede, die ihm einfällt, um die beiden Männer zu verlassen, dem Netz von Behauptungen zu entrinnen, die er kaum begreifen und schon gar nicht glauben kann.

In der Küche trinkt er mit kleinen Schlucken ein Glas Wasser, muß aber das Glas wegen der Hustenanfälle wiederholt absetzen. Seine Augen sind tränenverschleiert, so daß er sie immer wieder abtupfen muß. Er weiß nicht, ob die Tränen durch den Husten verursacht werden, oder ob sich das Entsetzen, das ihn beherrscht, auf diese Weise Luft macht.

Endlich trocknet er sich die Augen und betritt äußerlich ruhig mit einem Tablett, auf dem die Flasche und drei Gläser stehen, das Zimmer. Er stellt alles auf dem Tisch ab. Als er den Grappa einschenkt, klirrt der Flaschenhals an die Gläser.

»Von wo hat sie angerufen?« fragt Lamberti.

»Das weiß ich nicht. Andreoli hat es mir nicht gesagt.«

Ennio trinkt einen Schluck, räuspert sich, dann wendet er ein: »Und wenn jemand der Polizei einen Streich spielen will?«

»Wie meinen Sie das?«

»Das jemand sich für Constanze ausgibt.«

»Warum sollte er das tun?« Ricci ist erstaunt. »Wer sollte Interesse daran haben? Es hat sich ganz bestimmt um Fräulein Pagani gehandelt.«

»Wie können Sie Ihrer Sache so sicher sein?«

»Ich habe keinen Grund, das Gegenteil anzunehmen. Haben Sie nicht selbst behauptet, daß sie an die Riviera gefahren ist?«

»Das stimmt«, gibt Ennio zu. Er muß darauf achten, daß er sich nicht in Widersprüche verwickelt. Dann fragt er unvermittelt: »Was für eine Stimme hatte die Person, die angerufen hat?«

»Eine seltsame Frage. Darüber haben wir nicht gesprochen.«

»Wenn es Constanze war«, behauptet Ennio, der sich unbedingt Klarheit verschaffen will, »dann hätte man ihre Stimme sofort erkannt. Sie hatte, vor allem am Telefon, eine Stimme wie die eines zwölfjährigen Mädchens: ziemlich leise und zart. Kurz: kindlich. So sprach sie auch.«

»Warum sagen Sie ›war‹, ›sprach‹?« mischt sich Lamberti ein.

Ennio begreift, daß alles, was er sagt, als Geständnis aufgefaßt werden kann; er muß sich bemühen, viel vorsichtiger zu sein. Außerdem wird ihm klar, daß er überhaupt zu viel redet.

»Ich habe damit nur gemeint, daß ich sie so in Erinnerung habe: eine Kinderstimme.«

Ricci schlägt sich mit der Hand an die Stirn: »Jetzt fällt mir etwas ein. Doktor Andreoli hat mir erzählt, daß er zuerst geglaubt hat, jemand mache sich einen Scherz mit ihm, weil er den Eindruck hatte, daß ein Kind am Apparat war. Genau dieses Wort hat er verwendet.«

Ennio gibt sich noch nicht geschlagen. »Und wenn eine ihrer Freundinnen die Stimme nachgeahmt hat?«

Vladimir wundert sich. »Ich begreife nicht, warum Sie um keinen Preis akzeptieren wollen, daß Fräulein Pagani die Polizei angerufen hat.«

»Richtig, was ist daran denn so merkwürdig?« fragt Ricci.

»Merkwürdig?« wiederholt Ennio, als würde er mit sich selbst sprechen.

Lamberti steht auf, geht durch das Wohnzimmer in das Gewächshaus, befaßt sich mit den Pflanzen, während Ennio und Ricci sich weiter unterhalten.

»Ich weiß nicht«, sagt der Maler. »Mir kommt eines nicht sehr plausibel vor: daß sie nicht hier oder bei ihrer Freundin Lia – oder im Institut angerufen hat. Finden Sie nicht? Außerdem: weiß sie über Attilios Tod Bescheid? Wenn sie sich in Italien aufhält, hat sie es unter Umständen in den Zeitungen gelesen. Aber wenn sie im Ausland ist, hat sie vielleicht keine Ahnung.«

Ricci weist sofort auf den Widerspruch hin: »Ist sie denn nicht an die Riviera gefahren?«

Ennio hat wieder einmal zuviel geredet. Er muß sich rechtfertigen. »Das habe ich erfunden, um den ewigen Fragen zu entgehen. Die Leute sind neugierig. Um sie zum Schweigen zu bringen, habe ich irgend etwas behauptet.«

»Sie wird jedenfalls aller Wahrscheinlichkeit nach bald zurückkehren.«

Wieder überkommt ihn Angst und Verwirrung. »Hat Constanze das gesagt?«

»Nein, Doktor Andreoli nimmt es an. Constanze hat beinahe sofort wieder aufgelegt.«

Dem verstörten Ennio fallen keine weiteren Fragen oder Antworten ein. Doch, vielleicht gibt es eine plausible Erklärung: er träumt. Wieder empfindet er den gleichen Zweifel wie vor zwei Tagen, als er an der Brüstung gestanden und das Meer betrachtet hat.

Er murmelt: »Wir werden ja sehen«, aber nur für sich selbst, um sich zu beruhigen, um die Elemente dieser unglaublichen Geschichte in den Griff zu bekommen.

Doktor Lamberti verläßt das Gewächshaus mit der Tasche in der Hand.

Der Richter steht auf. »Bist du endlich mit den Pflanzen fertig, Vladimir?« Er wendet sich lächelnd an Ennio. »Er kann nie genug bekommen. Für ihn sind Pflanzen das Schönste, das es auf der Welt gibt.«

»Das stimmt«, gibt der Botaniker einfach zu. »Und diese Pflanzen hier sind von einmaliger, unglaublicher Schönheit. Sie wirken so fleischlich, daß sie fast etwas Tierhaftes an sich haben, etwas Extremes.«

Das Gespräch spielt sich jetzt zwischen den beiden Besuchern ab. Der Maler ist geistig weggetreten, bewegt sich nicht und ist nur noch körperlich anwesend. Er bemerkt nicht, daß sie das Haus verlassen, hat nicht einmal wahrgenommen, daß sie sich verabschieden.

Erst als der Motor auf der Straße gestartet wird, erfaßt Ennio, daß sie fort sind. Er tritt ans Fenster: der dunkelgrüne Wagen entfernt sich in Richtung auf die Stadt.

Er bemüht sich, nicht zu stolpern, als er zum Schreibtisch zurückkehrt. Der Scheck liegt immer noch an der gleichen Stelle, der Betrag ist deutlich angegeben; die Unterschrift stammt von Doktor Ricci. Ennio ist also nicht Opfer einer Halluzination geworden und hat auch nicht geträumt. Er ergreift den Scheck und fühlt die Stärke, das kaum erfaßbare Gewicht, das Vorhandensein des Stückchens Papier. Es ist genauso konkret wie die Tatsache, daß Ennios einziger Käufer Richter ist. Und noch dazu ein Freund oder Bekannter von Andreoli.

Doch diese Einzelheit ist lange nicht so wichtig wie der furchteinflößende Umstand, daß jemand sich für Constanze ausgegeben hat. Ennio findet keine Erklärung dafür. Er ahnt auch nicht, wer hinter diesem bösen Scherz stecken könnte. Er denkt an Lia, gibt aber den Verdacht sofort wieder auf.

Er betrachtet noch einmal den Scheck: vierhunderttausend.

Das Geld ist ein Trost. Aber dieser Trost genügt ihm nicht.

26. Kapitel

Cavaliere Benincasa hebt den Kopf von dem Katalog, in dem er blättert. Er nimmt die Brille ab und mustert neugierig den Unbekannten, der ihn freundschaftlich begrüßt. Dann steht er überrascht auf:

»Ach, Sie sind es, Ciani. Beinahe hätte ich Sie nicht wiedererkannt. Sie haben abgenommen. Fühlen Sie sich nicht wohl? Arbeiten Sie vielleicht zuviel?«

Ennio sucht nach einer passenden Erklärung, als der Galeriebesitzer seine Überlegungen unterbricht:

»Ich habe bisher keines Ihrer Bilder verkauft. Es tut mir leid, aber Doktor Ricci ist nicht mehr aufgetaucht.«

»Er ist direkt zu mir gekommen und hat unter den Arbeiten, die ich zu Hause habe, etwas gefunden, das ihm besser gefällt.«

Der Galeriebesitzer schweigt einen Augenblick lang; vielleicht ärgert er sich über Riccis unübliche Vorgangsweise. Aber die Diplomatie siegt, und Benincasa freut sich darüber, daß Ennio ein Geschäft gemacht hat.

»Sie haben also kein Geld für mich«, stellt Ennio fest.

»Nein, leider. Ihre Bilder sind noch hier. Wollten Sie sie vielleicht mitnehmen?«

Ennio verneint, erklärt, daß er zufällig in der Gegend war und einen Sprung vorbeigemacht hat, um guten Morgen zu sagen. Einige Minuten später verabschiedet er sich.

Er steigt in Constanzes Auto. Kurz, er kann nirgends absahnen und muß sich mit dem Geld des Richters Ricci

begnügen. Er hat vorher auf der Bank den Scheck eingelöst, und die vierhunderttausend Lire befinden sich in Sicherheit in der Innentasche seiner Jacke.

Er parkt auf dem Platz vor dem Bahnhof und erkundigt sich bei der Auskunft nach Zügen, die am späten Abend oder nachts nach Mailand abgehen. Er notiert sie sich und überlegt, welche Möglichkeiten er noch hat und wieviel Zeit er benötigt; dann kauft er die Fahrkarte.

Er steigt in den Wagen und fährt nach Montalto zurück. Er fährt mechanisch, ganz in Gedanken versunken.

Er hat beschlossen abzureisen. Jetzt hat er ein bißchen Geld und kann es vielleicht schaffen. Er hat nicht mehr die Kraft, dem Entsetzen in diesem verfluchten Haus und diesem verhexten Gewächshaus Widerstand zu leisten.

Auch vergangene Nacht war eine Schar von Pflanzen in sein Zimmer eingedrungen. Philodendren, Agaven, Gummibäume, Aralien, Bambusstauden, Kakteen, Farne hatten das Bett umlagert, Blätter und Äste ineinander verschlungen, als hielten sie einander an den Händen und bildeten eine Sperre um ihn. Als er versucht hatte davonzulaufen und aus dem Bett gesprungen war, hatten sich die Pflanzen auf ihn gestürzt. Einige hatten ihm Gesicht und Hände zerkratzt, andere hatten Schlingen um seine Beine gelegt, wieder andere hatten ihre großen, harten, scharfkantigen Blätter auf seine nackten Arme niederfallen lassen. Eine ungeheure Agave hatte die Blätter in die Höhe gestreckt, war ihm auf den Rücken gesprungen und hatte ihm ihre ungeheuren Wurzeln in die Brust gebohrt. Im Scheinwerferlicht eines vorüberfahrenden Autos hatte Ennio genau erkannt, daß die Agave sich wie ein Christbaum geschmückt und an ihren Stacheln Dutzende Goldketten befestigt hatte, die zwischen den Blättern baumelten. Dann hatte er begriffen, daß die Agave kein Weihnachtsbaum, sondern eine juwelengeschmückte Frau war, die Constanze entfernt ähnlich sah und die unzähligen, mit glitzernden Armbändern geschmückten Arme bewegte. Er hatte genau Halskette und Armband wiedererkannt, begriff jedoch nicht, wieso sich die Kette vervielfacht hatte, und wieso es jetzt statt eines Armbands zehn, zwanzig, hundert gab. Er konnte sich auch nicht erklären, wieso die Frau so viele Arme hatte. Inzwischen durchbohrten ihm die Wurzeln die Brust.

Überraschend war, daß die Wunden am Morgen bereits verheilt waren. Und als er sich im Tageslicht umsah, hatte er die verfluchten Pflanzen nicht mehr erblickt. Natürlich, sie waren geflohen, hatten sich davongeschlichen, waren auf ihre Plätze zurückgekehrt, waren auf die Regale geklettert und taten jetzt so, als wäre nichts geschehen. Aber er kannte diese verdammten, heimtückischen Gewächse genau, die ihn mit ihren unerwarteten Bewegungen sadistisch verfolgten, die ins Riesenhafte wuchsen, die sich zusammendrängten, die ihn im Chor anklagten, die von der Spitze bis zu den Wurzeln schwankten und sich auf ihn stürzten: so wie es gestern nachmittag in Gegenwart von Lamberti und Ricci geschehen war – ein Botaniker und ein Richter, zwei Verfolger, zwei verfluchte Verbündete der Pflanzen.

Und das verdammte Telefon, das ihn aus dem Schlaf reißt, das in den unmöglichsten Augenblicken klingelt: während er Kaffee trinkt oder zu zeichnen versucht oder eine Farbmischung ausprobiert. Das sind Fragen, auf die er keine Antwort weiß: wer steckt dahinter? Wer macht sich einen Spaß daraus, ihn zu ängstigen? Eine vorläufige Antwort: vielleicht ist es die gleiche Person, die sich bei Andreoli für Constanze ausgegeben hat.

Er fährt die Überlandstraße entlang. Doch während Constanzes Bild vor seinem geistigen Auge auftaucht, schieben sich vollkommen unerwartet mit mathematischer Präzision die grauen, plumpen Öfen der Müllverbrennungsanlage in seine Gedanken, tauchen genau im richtigen Augenblick vor der Windschutzscheibe auf.

Er versucht zu beschleunigen, um die schrecklichen Umrisse der Bagger nicht zu sehen. Aber ein Hügel aus Abfällen, der sich direkt hinter dem Drahtzaun befindet, erinnert ihn an einen riesigen, auf dem Boden liegenden menschlichen Körper, und Ennio erkennt deutlich einen zur Seite geneigten Kopf, einen schlanken Hals mit dunklen Flecken, die geschwungenen Hüften, die schlanken Beine, die kleinen Füße.

Anstelle des Müllhügels sieht Ennio einen Frauenkörper: nicht den einer unbekannten, unbestimmten Frau, sondern den Constanzes.

Der Krampf, der ihm den Magen umdreht, zwingt ihn, scharf zu bremsen. Er stößt die Tür auf, springt hinaus, an den Straßenrand, und erbricht in das Gras der Böschung.

27. Kapitel

Professor Lamberti schüttelt den blonden Kopf. Er fährt sich unsicher mit den Fingern durch die Haare.

»Na und?« wiederholt Ricci.

»Ich kann dir nur eines sagen: ich verstehe überhaupt nichts mehr.«

Lamberti hat den Richter bereits über die Ergebnisse der Aufzeichnungen informiert, die er mit seinen Apparaten bei den Pflanzen im Gewächshaus erzielt und die er inzwischen ausgewertet hat. Die Resultate sind verblüffend, weisen auf etwas Abnormales, Sonderbares hin, das er nicht deuten kann.

Bevor der Botaniker fortfährt, trinkt er einen Schluck Wasser. »Daß die Pflanzen allgemein ein Nervensystem besitzen, das dem menschlichen entspricht, ist eine wissenschaftlich bewiesene Tatsache. Daß die Pflanzen fühlen, leiden, erkennen und auf Reize reagieren, hat sich inzwischen auch herumgesprochen.«

»Können sie lieben und hassen?«

»Zu diesem Schluß sind viele amerikanische und sowjetische Forschungsinstitute gelangt, und auch wir in unserem bescheidenen Institut. Aber die Reaktionen von Constanzes Pflanzen kann ich nicht begreifen.«

»Könntest du dich vielleicht deutlicher ausdrücken, Vladimir?«

»Das ist nicht so einfach. Wir Botaniker haben in jahrelanger Arbeit zahlreiche Experimente durchgeführt, die einander so ähnlich sind und so sehr übereinstimmen, daß man sie durch ein einziges Beispiel veranschaulichen kann. Wenn man einer Pflanze ein vollkommen gesundes Blatt oder einen vollkommen gesunden Zweig abreißt, oder wenn man sie mit einer Flamme ansengt, zeichnet das Galvanometer Diagramme auf, die dem körperlichen Schmerz entsprechen, den Tiere empfinden.«

»Mit anderen Worten, die Pflanze macht in ihrer Sprache darauf aufmerksam, daß sie verletzt ist?«

»Nicht nur das. Bei den Pflanzen, die neben dem Objekt des Experiments stehen, zeigt das Galvanometer ebenfalls eine Reaktion: Angst und Erregung.«

»Als hätten sie Augen und sehen, was um sie herum vorgeht?«

»Es handelt sich natürlich nicht um Sehfähigkeit im eigentlichen Sinn wie bei den Tieren. Die Pflanzen verfügen nicht nur über fünf, sondern über viel mehr Sinne, die sich wesentlich von den unseren unterscheiden. Es handelt sich um ein Ganzes, um ein Bündel von sensitiven Fasern, die wir unter der Bezeichnung vegetabile Hypersensibilität zusammenfassen können. Dank dieser Hypersensibilität erfassen die Pflanzen die reale Welt um sich und können auch eine bioelektrische und biochemische Verbindung zwischen einander herstellen. Infolge dieser Fähigkeit empfinden alle Pflanzen, die im gleichen Umkreis oder im gleichen Habitat leben wie ein verletzter Artgenosse die gleichen Leiden.«

Vladimir unterbricht seine Erklärung. Er stellt das Glas auf den Tisch, nimmt es wieder in die Hand: der Botaniker scheint in tiefe Gedanken versunken zu sein.

Ricci greift ein: »Ich habe aber noch nicht begriffen, wieso dich die Pflanzen im Gewächshaus so sehr verblüffen.«

»Warte nur. Die Aufzeichnungen der Mikrogeräte, die

ich an diesen Pflanzen befestigt habe, weisen auf eine unerklärliche, außergewöhnliche Palette an Gefühlen hin. Das steht zweifelsfrei fest. Diese Pflanzen haben offensichtlich einen sehr hohen Entwicklungsgrad erreicht, der im Vergleich zur allmählichen, für die natürliche Entwicklung typischen Veränderung verfrüht ist. Ich kann es mir wirklich nicht erklären; wenn ich einen Ausdruck aus einem anderen Wissensgebiet anwenden darf, würde ich sagen, daß die Pflanzen ... ah ... Rauschgift genommen haben.«

»Ein ziemlich verblüffender Schluß. Wie bist du zu ihm gelangt?«

»Durch die einzigen Daten, die mit Sicherheit feststehen: das Ausmaß an Haß, Verachtung und Ekel, das sich aus den Aufzeichnungen ergibt. Es ist so groß und übersteigt so sehr die normalen vegetabilen Reaktionen, daß nur Lebewesen so reagieren können, deren Sensibilität der Empfindungsfähigkeit der Menschen weit überlegen ist. Daraus würde sich ergeben, daß die Sensibilisierung dieser Pflanzen sprunghaft zugenommen hat, genau wie bei menschlichen Wesen, die unter dem Einfluß bestimmter Drogen stehen. Es handelt sich hier um ein mysteriöses Phänomen, dessen Ursachen ich nicht kenne und dessen Folgen ich mir nicht ausmalen will.«

»Willst du damit sagen, daß sie phantasieren, wie jemand, der high ist?«

»Sie sind vollkommen vernünftig. Viel zu vernünftig. Ihre klare Denkfähigkeit – wenn wir es so bezeichnen wollen – stört mich. Sie denken viel mehr, als man erwarten würde. Das Diagramm der logischen Überlegung ist beunruhigend.«

»Ich nehme an, daß du dennoch zu gewissen Schlüssen gelangt bist.«

Der Botaniker denkt eine Weile nach, bevor er antwortet. Plötzlich wird sein blasses Gesicht bis zum Haaransatz rot. Lamberti öffnet den Mund, als wäre ihm blitzartig etwas eingefallen, und packt wortlos den Richter am Arm.

Ricci ist überrascht. »Was ist los?«

»Ich glaube, ich habe soeben etwas Schreckliches begriffen. Hör zu! Als du im Gewächshaus warst und die Blätter berührt hast, hast du bemerkt, daß die Pflanzen auf die Anwesenheit des Malers abnormal reagieren, und du hattest den Eindruck, daß sie sich beruhigen, sobald er sich entfernt. Du hast auch bemerkt, daß Ciani sich nicht länger als unbedingt nötig im Gewächshaus aufhält, als hätte er Angst davor.«

»Genau. Deshalb habe ich dir ja auch das alles erzählt und dich gebeten, deine Instrumente ins Gewächshaus mitzunehmen.«

»Unterbrich mich nicht! Ich habe die Apparate angebracht, und wir haben dafür gesorgt, daß Ciani möglichst lange zwischen den Pflanzen bleibt. Ich habe die Resultate erhalten, über die wir eben sprechen, und aus denen sich mit Sicherheit ergibt, daß die Pflanzen leidenschaftlichen Haß empfinden. Das Schreckliche daran ist: der Junge befindet sich vielleicht in Gefahr.«

Ricci wiederholt ungläubig: »In Gefahr?«

»Genau. Sie wirken, als wären sie verrückt.«

»Du hast mir doch gerade versichert, daß die Pflanzen logisch überlegen.«

»Ich habe gesagt: zu logisch. Vielleicht handelt es sich um die ungeheuerliche, absurde Logik der Paranoiker.« Lamberti springt auf. »Wir dürfen keine Minute verlieren, sondern müssen sofort nach Montalto fahren.«

Der Richter hält ihn zurück. »Beruhige dich, Vladimir. Wir können Ciani telefonisch warnen, falls du es wirklich für notwendig hältst.«

»Du hast recht«, stimmt der Professor zu.

Ricci blättert schon im Telefonbuch, wählt die Nummer und wartet. Er läßt es oft klingeln, aber im Haus Adriana meldet sich niemand.

Vladimir sieht auf die elektronische Uhr: es ist achtzehn Uhr einunddreißig, Donnerstag, der erste April. Er setzt sich wieder und stellt ruhiger fest: »Um diese Zeit kann er natürlich ausgegangen sein.«

Der Richter denkt über die unbegreifliche Geschichte nach. »Wenn jemand anderer solche Theorien aufstellte, würde ich ihm nicht glauben, sondern es für ein Märchen halten. Behaupten, daß die Pflanzen den Maler erbittert hassen, daß sie vielleicht verrückt oder high sind, kommt mir absurd vor. Du glaubst, daß sich Ciani in Gefahr befindet. Was für eine Gefahr?«

Riccis ungläubiger Ton ärgert den Professor. »Wenn du mir nicht vertraust, warum hast du dich an mich gewendet?«

»Entschuldige bitte, Vladimir. Ich glaube dir. Aber du mußt einsehen, daß deine Theorie sehr außergewöhnlich ist.«

Lamberti antwortet entschlossen: »Sobald Frau Doktor Pagani zurückkehrt, werde ich mir von ihr erklären lassen, wie und mit welchen Mitteln sie die Pflanzen behandelt.« Er unterbricht sich, weil ihm etwas einfällt, dann schüttelt er den Kopf und fährt fort: »Dabei habe ich selbst die Lösung aus der zersprungenen Kugel analysiert. Das Wasser hat nichts Außergewöhnliches enthalten.«

Ricci ist in Gedanken versunken und antwortet beinahe automatisch: »Dieser Zwischenfall ist aufgeklärt worden. Das Gefäß war gesprungen.« Er klopft mit den Fingern auf den Tisch, zieht einen Kugelschreiber aus der Brieftasche und spielt mit ihm. Dann hebt er den Kopf und fragt unvermittelt: »Und wenn Constanze Pagani nicht wiederkommt?«

Auf Lambertis Stirn bilden sich zwei steile Falten. »Warum sollte sie nicht wiederkommen? Sie hat doch Andreoli gesagt, daß es ihr gutgeht und daß wir uns ihretwegen keine Sorgen machen sollen.«

Ricci seufzt. »Du weißt etwas nicht: niemand hat angerufen. Das Telefongespräch ist meine Erfindung, ein Experiment: ich wollte sehen, wie Ciani darauf reagiert. Du hast gestern bestimmt ebenfalls bemerkt, daß er sich aufgeführt hat, als wäre er schuldig.«

Lamberti sieht ihn fragend an, ohne zu antworten.

»Hör zu, Vladimir! Du bist Forscher und Wissenschaftler und gelangst auf streng wissenschaftliche Weise zu deinen Hypothesen, während ich von Berufs wegen ermittle. Und ich ermittle auch dann, wenn ich keinen ausdrücklichen Auftrag dazu habe.«

»Und was hast du dabei entdeckt?«

»Ich bin vor ungefähr einer Woche diesem Ennio Ciani zufällig zum ersten Mal gegenübergestanden. Ich habe mich einige Zeit mit ihm unterhalten, und dann hat mein Eindruck festgestanden: sein zumindest ungewöhnliches Benehmen hat meinen Verdacht geweckt.«

»Was für einen Verdacht?«

»Das weiß ich nicht. Es ist nur ein Gefühl. Ein flüchtiger Eindruck, der irgendwie eine Verbindung zwischen dem Maler, Constanze und dem Gewächshaus herstellt.«

Die beiden Freunde schweigen. Obwohl sie intensiv nachdenken, können sie nicht die vielen Fragezeichen in ihren Theorien, Hypothesen, Vermutungen klären. Schließlich macht der Botaniker einen Vorschlag:

»Und wenn wir trotzdem nach Montalto hinauffahren? Es könnte uns allen nützen, wenn wir uns mit Ciani unterhalten.«

Im Haus Adriana schrillt die Glocke. Ricci drückt den Knopf lange, aber niemand öffnet. Der Botaniker und der Richter sehen sich um: der Garten ist leer, die Fenster stehen offen, die Tür ist versperrt. Ein Mann in Arbeitskleidung, der eine Glasscheibe trägt, kommt die Straße entlang.

»Suchen Sie den Maler?« fragt der Glasermeister fröhlich. »Er ist nicht zu Hause. Meine Frau hat ihn gegen vier vorüberfahren gesehen.«

»In welche Richtung?«

»Vielleicht nach Parma. Er fährt oft dorthin in die Kunstgalerie, wegen seiner Bilder.«

Der Handwerker berichtet unentwegt über Details, aber Ricci und Lamberti hören ihm nicht mehr zu.

Schließlich verabschiedet ihn der Richter: »Danke, und auf Wiedersehen.«

»Soll ich ihm etwas ausrichten, falls ich ihn sehe?«

»Nein, wir hinterlassen eine Notiz«, lehnt Vladimir ab, der bereits ein Kuvert in den Briefkasten schiebt. Es enthält eine Botschaft an Ennio. Sie lautet:

Halten Sie sich von dem Gewächshaus fern! Kommen Sie möglichst rasch ins Botanische Institut und fragen Sie nach mir! Professor Lamberti.

28. Kapitel

Der Wagen hält mit quietschenden Reifen. Ennio springt heraus, schlägt die Tür zu und geht durch den dunklen Garten. Ein einziges Problem beschäftigt ihn: möglichst schnell und für immer verschwinden. Er betritt das Haus, schaltet das Licht ein und sieht auf die Uhr: wenn alles glatt geht, ist er in spätestens zwei Stunden soweit, daß er nach Parma zurückkehren und den Abendzug erreichen kann. Er kann noch vor Mitternacht in Mailand sein.

Er zieht zwei Koffer aus dem Garderobeschrank und legt sie auf das Bett: in den kleineren wirft er wild durcheinander Schuhe, Wäsche, Socken, Hosen, Unterhosen und Hemden; in den anderen ordnet er zusammengerollte Bilder, Zeichnungen, kleine Gemälde, Palette, Farben und Pinsel. Er versucht, möglichst konzentriert zu arbeiten, um keine Zeit zu vergeuden. Dann läuft er in die Küche und sucht Packpapier. Er reißt Schränke und Laden auf, läßt Kästchen offenstehen.

Das Klingeln des Telefons überfällt ihn, martert seine Trommelfelle, weckt in ihm wieder das Gefühl, daß ihn ein unbekanntes, unsichtbares Wesen beobachtet.

»Verdammt! Geh zum Teufel, du Dreckschwein!« sagt er laut; er ist fest entschlossen, sich nicht zu melden. Aber das sich ständig wiederholende Geräusch macht ihn so nervös, daß er nicht mehr suchen, geschweige denn etwas finden kann. Um sich von diesem Alptraum zu befreien, greift er nach dem Hörer und meldet sich brüllend. Diesmal wird er den Unbekannten mit Flüchen und Beschimpfungen überschütten.

»Bist du es, Ennio?« Lias ruhige Stimme ist unverkennbar. »Ich habe dich heute schon einige Male angerufen. Ich wollte wissen, wie es dir geht.«

Er zischt: »Ausgezeichnet«, würde ihr aber am liebsten erklären, daß sie sich zum Teufel scheren, daß sie ihn in Ruhe lassen soll, denn jetzt braucht er nichts und niemanden und will nicht belästigt werden.

»Du sagst ›ausgezeichnet‹ und meinst ›geh zum Teufel‹«, stellt Lia fest.

»Aber nein. Nur …« Ennio versucht sich zu beherrschen. »Kurz, ich habe keine Zeit. Ich reise ab.«

Einige Sekunden lang schweigt Lia, als hätte sie Ennios Worte nicht genau verstanden oder als wäre sie überrascht.

»Du reist ab? Und wohin eigentlich, wenn man fragen darf?«

»Nach Mailand. Ich schreibe dir von dort aus, damit du mir die Staffelei und die großen Bilder nachschickst. Ich verpacke sie jetzt, aber ich kann sie nicht mitnehmen. Sie sind zu groß, und ich habe schon zwei Koffer. Ich gebe dir dann meine Adresse bekannt. Den Schlüssel lasse ich unter dem Fußabstreifer.«

Lia hört sich schweigend seinen Redeschwall an. Und da sie nicht antwortet und sich nicht bereiterklärt, sich um seine Sachen zu kümmern, hat Ennio das Gefühl, daß sie überlegt. Tatsächlich platzt sie plötzlich mit der Frage heraus: »Reist du ab oder fliehst du?«

Bei dieser Frage, die genau ins Schwarze trifft, überwältigen Wut, Abwehr, Verblüffung und Frustration Ennio. Er schreit sie an: »Ja, ich fliehe. Und du hast nicht das Recht, es mir zu verbieten!«

»Ich habe auch gar nicht die Absicht. Aber sag mir eines: wovor fliehst du? Vor den Pflanzen oder vor Constanzes Leichnam?«

Dieses Mädchen weiß zuviel oder begreift zuviel. Ennio lacht nervös, als hätte sie einen guten Witz gemacht. Aber ein Hustenanfall macht seine schauspielerischen Bemühungen zunichte: Lia muß bemerken, daß die Heiterkeit gespielt ist. Er reißt sich zusammen und erklärt empört, daß er gewisse Witze nicht mag, die übrigens eines intelligenten Menschen nicht würdig sind.

»Ich mache keine Witze«, stellt Lia richtig. »Und wenn du etwas auf dem Gewissen hast, dann beichte!«

Ennio bricht in wütende Beschimpfungen aus: »Du dreckiges altes Waschweib! Du redest dir die unmöglichsten Dinge über mich ein und verfolgst mich mit deiner vorgetäuschten Freundschaft. Ich habe genug von dir und deinen Ratschlägen!« Und während er den Hörer auflegt, kreischt er: »Geh zum Teufel!«

Das Telefongespräch und der unbeherrschte Wutausbruch haben ihn in eine heftige, fieberhafte Erregung hineingesteigert, die wie elektrischer Strom alle Muskeln und Nerven vom Kopf bis zu den Füßen durchdringt. Er versucht, sich zu sammeln, die unterbrochene Beschäftigung fortzusetzen. Ach richtig, Verpackungsmaterial. Er kehrt eilig in die Küche zurück und entdeckt endlich alte Zeitungen, Schachteln, Bindfaden.

Während er die Bilder einpackt und verschnürt, überlegt er: es war unvorsichtig und dumm von ihm, daß er Lia brüskiert hat. Jetzt kann er nicht mehr erwarten, daß ihm das Mädchen seine Sachen nach Mailand nachschickt. Aber vielleicht geht es doch, Lia ist sehr großzügig. Er wird ihr einen schönen rührenden Brief schreiben, ganz im Stil von Attilio, diesem Meister in Verführen von Frauenherzen. Er wird sie um Verzeihung bitten, ihr versichern, daß er unüberlegt gehandelt hat, daß er es in diesem Augenblick eilig hatte, daß er den Zug nicht versäumen wollte. Und so weiter.

Der Koffer mit der Kleidung ist fertig und liegt mit geöffnetem Deckel auf dem Bett: Ennio wird die letzten Dinge hineinlegen, bevor er das Haus verläßt. Der Koffer mit seinem Malwerkzeug ist bereits geschlossen. Er sieht sich um: er hat wirklich alles.

Jetzt kann er sich umziehen.

Er fährt in die Stiefel, zieht ein frisches Hemd, einen langärmeligen Pullover und Attilios Lederjacke an. Er steckt den Kopf in einen Nylonstrumpf, bedeckt ihn mit einer Skimütze, die nur die Augen frei läßt. Die schützt er mit einer Motorradbrille, die er sorgfältig aufsetzt. Er wickelt sich einen Schal um den Hals und achtet darauf, daß auch nicht ein Zentimeter Haut unbedeckt bleibt. Dann betrachtet er seine Hände: die Pulloverärmel reichen über die Handgelenke hinunter. Aber das genügt nicht. Ein Paar gefütterte Lederhandschuhe, die eigentlich für den Winter gedacht sind: er zieht sie sorgfältig an und schiebt den Pullover in die Stulpen.

Er betrachtet sich genau: im Spiegel sieht er eine unkenntliche, plumpe Gestalt, wie ein Mann, der sich als Taucher verkleidet hat. Er lächelt zufrieden. Unter diesem vollkommenen Harnisch ist er unverwundbar. Doch er kann infolge der Skimütze sein Lächeln nicht sehen, sondern bemerkt nur die Augen: hinter dem Nylonschleier und den großen metallgefaßten Linsen wirken sie fern, tiefliegend und starr wie bei einem Hampelmann.

Ihn überkommt das unangenehme Gefühl, daß es sich nicht mehr um ihn, sondern um jemanden anderen, einen unbekannten Fremden handelt, der ihn aus dem Spiegel ängstlich und doch entschlossen ansieht.

Aber er träumt nicht: er ist tatsächlich dieses Monstrum.

Er tritt vom Spiegel zurück. Das Bewußtsein, daß er ein Monstrum ist, flößt ihm stolzes Selbstvertrauen und zugleich unerklärliches Unbehagen ein: er ist körperlich, aber nicht moralisch ein Monstrum. Er hat Constanze nicht allein getötet. Der eigentlich Verantwortliche ist Attilio: Ennio hat ihm gehorcht, ihn unterstützt, das war alles. Wenn er Constanzes Kehle zu fest zugedrückt hat, wenn Constanze ein überzartes Mädchen war, so kann er nichts dafür.

Und wenn er sich jetzt selbst für ein Ungeheuer hält, so wird dieser Zustand nur wenige Minuten dauern: wenn alles vorbei ist, wird er der gleiche junge Maler wie früher sein, der sich kaum von den anderen unterscheidet. Er wird die Verkleidung ablegen, statt Attilios Lederjacke, die ihm zu groß ist, seine eigene Jacke anziehen und abreisen wie ein Tourist, ein Manager oder einfach wie ein Maler, der aus einem Bergdorf in die Großstadt zieht.

In der Küche öffnet er die Tischschublade und kramt im Besteck herum. Die Messer befinden sich hinten. Er nimmt alle heraus, legt sie auf den Tisch, prüft sie. Dann wählt er das größte, spitzigste.

Jetzt ist es soweit. Er braucht noch ein Gläschen Grappa, um sich Mut anzutrinken, um die körperliche und geistige Kraft aufzubringen: er will sich den Pflanzen im Gewächshaus stellen. Er stürzt den Grappa hinunter, der ihm Mund und Hals verbrennt und den Magen angenehm wärmt. Er fühlt sich stark, kräftig, kühn.

Alle Lichter des Lusters blitzen und spiegeln sich im glänzenden Marmor des Fußbodens. Ennio schleicht auf Zehenspitzen, das Messer in der Hand, durchs Wohnzimmer.

Im Bogengang bleibt er stehen und horcht. Dann dreht

er den Schalter, und die Pflanzen erscheinen im grellen Licht in ihrer ganzen grünen Pracht vor seinen weit aufgerissenen Augen; sie wirken dichter und verfilzter als er sie in Erinnerung hat.

Er bleibt vor dem Bogengang stehen, bevor er das Gewächshaus betritt. Er beobachtet sie aufmerksam, ist bereit, sich zu verteidigen.

Aber seine Feindinnen bleiben unbeweglich und gleichgültig: sie zittern weder noch beben sie. Die Blätter, die Zweige, die Blüten, die Ranken, die Stämme sehen aus, als wären sie aus Kunststoff oder Glas, sind steif wie die künstlichen Blumen in Geschäften.

In der Luft rührt sich kein Hauch, keine elektrische Spannung knistert, keine unsichtbaren Wellen sind spürbar.

Nach den Bewegungen, den Erschütterungen, dem Rauschen, der Unruhe, die in den vergangenen Tagen hier geherrscht haben, hat anscheinend ein geheimnisvolles Ereignis den gesamten Aufruhr, alle unnatürlichen Aggressionen beendet. Die Pflanzen gehen nicht, wachsen nicht ins Riesenhafte, bewegen sich nicht, zeigen nicht mit Fingern auf ihn, reißen keine Augen auf, schreien nicht, klagen nicht an. Aber Ennio hat den unangenehmen Eindruck, daß sie nur so tun, als wären sie tot, um ihn in Sicherheit zu wiegen, um ihm vielleicht eine Falle zu stellen.

Er sollte sich lieber beeilen: es dauert nur wenige Minuten.

Er geht sehr vorsichtig über das Linoleum. Wenn er stolpert, könnte er sich mit dem Messer verletzen.

Vorsichtig, behutsam rückt er die Leiter zurecht und steigt hinauf.

Er gelangt zur Agave, seiner erbittertsten Anklägerin.

Er schiebt die farbigen Steinchen zur Seite und bohrt

mit dem Messer in der Erde herum. Als er gegen etwas Hartes stößt zieht er das Messer heraus, legt es auf das Regal und tastet mit den Fingern nach den versteckten Schmuckstücken. Er wundert sich darüber, daß er sie so tief vergraben hat: obwohl er die Kette schon fühlt und an ihr zieht, leistet etwas Widerstand, als würden sich die Wurzeln an den Schmuck klammern. Er möchte am liebsten die Wurzeln abschneiden, aber Vorsicht und Angst vor der Reaktion der Agave hindern ihn daran.

Entschlossen tastet er noch tiefer, während ihm der Schweiß über das Gesicht läuft. Er atmet schneller, und sein Herz schlägt unregelmäßig.

Endlich faßt er die Kette, zieht mit aller Kraft und reißt sie mit einem Ruck heraus, unter dem die Agave schwankt. Er wickelt sich die Kette um den linken Unterarm. Dann steckt er die Finger noch einmal hinein und holt das Armband heraus, das ihm keinen Widerstand leistet. Er schiebt es neben der Kette über den Arm. Die beiden Schmuckstücke klirren leise.

Ungeheures Triumphgefühl erfüllt ihn, der Sieg berauscht ihn. Er möchte sich auf die Pflanzen stürzen, sie zerstückeln, sie vernichten, sich für die Angst rächen.

Aber während er nach dem Messer greift, überwältigt ihn Atemnot, lähmt seine Lunge und sein Herz.

Sein Atem geht doppelt so schnell und verwandelt sich in ein schmerzhaftes Keuchen, das ihm die Luftröhre verbrennt. Er reißt den Mund auf, um mehr Sauerstoff zu bekommen, aber je mehr er nach Atem ringt, desto langsamer werden seine Reflexe. Er hat das Gefühl, daß er statt Sauerstoff ein giftiges Gas einatmet, das seine Nerven und Muskeln lähmt.

Myriaden von unsichtbaren scharfen Strahlen scheinen ihn zu treffen, bombardieren ihn, bis ihn die Kräfte verlassen. Seine Knie knicken ein, während er versucht, die Leiter hinunterzusteigen; das Messer entgleitet den erschlafften Fingern, seine Augen werden trüb, graue Schleier legen sich vor den Blick, während der Schmerz im Hals nachläßt, als würde er dort gefühllos.

Erschöpft stürzt er nach hinten; sein Mund ist weit aufgerissen, er ringt keuchend nach Luft, ist unfähig zu atmen.

Er liegt auf dem Boden, kann weder Arme noch Beine bewegen und nicht einmal den Kopf heben, versucht vergeblich aufzustehen, bis er schließlich nur noch das Bedürfnis hat, sich zu ergeben, einzuschlafen, um diesem Zustand zu entgehen, der sicherlich nur ein neuer ungeheurer Alptraum ist; er überläßt sich den immer flacheren, immer größeren Spiralen der Erschöpfung, wehrt sich nicht mehr, leistet keinen Widerstand mehr.

Er ist endgültig besiegt.

Dunkelheit breitet sich in seinem Gehirn aus; in den kurzen bewußten Augenblicken, die er noch hat, begreift er, daß sein Tod ein außergewöhnliches, unglaubliches Strafgericht ist, das das Gewächshaus bewirkt hat.

Das Telefon klingelt wieder. Aber Ennio hört nichts mehr.

In dem Haus, in dem das Licht brennt, als nehme das Leben seinen gewohnten Lauf, ist dieses Geräusch ein Hinweis darauf, daß die Außenwelt hier eindringen will.

Endlich hört es auf.

Das Haus versinkt endgültig in Stille.

Das aus dem Haus fallende Licht erhellt im Garten einen kleinen Winkel mit Bäumen und Rasen. Zwanzig Minuten später läutet jemand am Gartentor. Er wartet kurze Zeit, dann läutet er wieder. Lia ruft besorgt Ennios Namen.

Sie betrachtet noch einmal verwirrt die hell erleuchteten Fenster des Hauses, dann drückt sie die Klinke hinunter. Das Tor geht auf. Sie steigt die drei Stufen zur Eingangstür hinauf und drückt wieder die Klinke hinunter. Auch diese Tür schwingt auf. Lia tritt ins Vorzimmer – Stille. Sie geht ins Wohnzimmer und ruft wieder Ennios Namen. Ein unbestimmtes Gefühl veranlaßt sie, ins Gewächshaus zu gehen. Im hellen Licht der grellen Lampen sieht sie die Pflanzen und den regungslosen Körper, der zu Füßen der Leiter auf dem Linoleum liegt.

Sie hat keine Ahnung, wer dieser grotesk verhüllte und vermummte Mensch sein könnte, der wie ein riesiger Gegenstand aussieht. Doch dann erkennt sie die braune Hose und den karierten Schal. Angesichts des vollkommen bewegungslosen Körpers begreift sie, daß sie vor einem Leichnam steht. Sie hat instinktiv das Bedürfnis, etwas zu unternehmen, greift schaudernd nach der behandschuhten Hand des Mannes und will ihm den Puls fühlen, aber in diesem Augenblick entdeckt sie Constanzes Kette und Armband am Arm des Toten. Sie läßt die Hand los und springt auf.

»Er hat sie umgebracht!« schreit sie entsetzt. »Er hat sie wirklich umgebracht!«

Sie weicht langsam zurück, ohne den leblosen Körper aus den Augen zu lassen, an dessen Arm die Schmuckstücke im Licht der Lampen unheimlich blitzen. Ringsum wirken die Pflanzen wie dunkle Gespenster, die sich von der hellen Wand und den Glasfenstern abheben.

Plötzlich erfaßt Lia entsetzliche Angst, raubt ihr den Atem, erstickt sie beinahe; sie dreht sich um, stürzt zum Telefon und ruft die Polizei an.

29. Kapitel

DAS HAUS DER RÄTSEL, DAS VERFLUCHTE GEWÄCHSHAUS, EIN WEITERER GEHEIMNISVOLLER TODESFALL IN MONTALTO.

Die Schlagzeilen suchen einander zu übertrumpfen, aber die Ärzte lassen sich nicht verwirren und erklären, daß der Tod infolge eines Kreislaufversagens eingetreten ist, und im Autopsiebericht steht »Kohlendioxidvergiftung«.

Die Bewohner von Montalto machen um das Haus Adriana einen großen Bogen; aber aus der Umgebung treffen zahlreiche Neugierige ein, gehen am Tor vorbei oder bleiben stehen und mustern das Gebäude. Einige Tage lang geht den Schaulustigen der Gesprächsstoff nicht aus: Vermutungen, Kommentare, Hypothesen, Klatsch.

Constanze findet, daß sie jetzt nach Montalto zurückkehren kann. Sie hat den zweiten Schock überwunden, und ihr ist aus den Zeitungsberichten ziemlich klar geworden, was sich ereignet hat.

Amadeus macht sich Sorgen. »Bist du sicher, daß du es jetzt schon erträgst, allein in deinem Haus zu wohnen? Du kannst noch ein paar Tage hierbleiben, mich störst du nicht.«

Constanze dankt ihm, behauptet aber, daß sie sich alles gut überlegt hat. Amadeus rät ihr, die Polizei zu verständigen.

»Was soll ich ihnen denn sagen?«

Festino -84-

»Daß du im Ausland warst, und daß du jetzt erst von den Ereignissen erfahren hast. Du kannst ja noch hinzufügen, daß du sie über deine Rückkehr unterrichtest, damit sie keine falschen Schlußfolgerungen ziehen.«

Amadeus hat recht: Constanze wird morgen früh anrufen. Flavios Dienst in der Klinik beginnt erst um vier Uhr nachmittags. Wenn es Constanze recht ist, begleitet er sie nach Montalto.

Der Anblick des Gewächshauses übersteigt Constanzes schlimmste Erwartungen.

Dunkle, unbewegliche, erstarrte Skelette mit leblosen Zweigen und Blättern. Die Zweige hängen schlaff hinunter, die Blätter sind vertrocknet und eingerollt. Ihre Oberfläche ist von dünnen Runzeln bedeckt und erinnert an die Haut eines alten Menschen. Auch die Farbe der Blätter und der Stengel hat sich verändert, sie sind nicht mehr grün, sondern gelbbraun, rostrot, dunkelbraun und gelegentlich schwarz wie Teer.

Constanzes Gewächshaus, ihr persönlicher Garten, ihr häuslicher Dschungel, die Oase inmitten ihres Hauses, die ihr Stolz und ihr Lebensinhalt war, die von üppiger, überquellender, unwahrscheinlicher Schönheit war, ist zu einem Zerrbild ihrer selbst geworden.

Es sieht aus, als hätte der Winter unvermittelt die Pflanzen überfallen, so daß sie alle zugleich erfroren und gestorben sind. Oder daß sie ein unsichtbares Feuer in ihren Fasern in einem Brand ohne Flammen verzehrt hat.

Doch Constanze weiß, daß die geheimnisvolle Stoffwechselreaktion nichts mit Kälte oder Hitze zu tun hat.

In den lebenden Zellen ist es zu einem anderen Phänomen gekommen: die Pflanzen haben auf eine für sie lebensnotwenige Substanz verzichtet, das Kohlendioxid, und es durch Sauerstoff ersetzt.

Sie haben revoltiert, die natürliche Ordnung umgekehrt.

Sie waren offensichtlich von einem einzigen Willen beherrscht, hatten einen von der Vernunft diktierten Entschluß gefaßt und das giftige Kohlendioxid ausgeatmet, um den Mann zu töten, der gemeinsam mit Attilio ihre geliebte Züchterin ermordet hatte.

Sie wußten – davon ist Constanze überzeugt –, daß sie sich mit diesem Akt der Auflehnung die Möglichkeit nahmen zu überleben; aber sie waren von dem Willen beseelt, den Schuldigen zu bestrafen und sich für Constanzes Verschwinden zu rächen. Sie waren bereit, sich dafür zu opfern.

Die Pflanzen hatten sich verbündet und auf den richtigen Augenblick gewartet. Vielleicht hatte aber auch Ennio, der ihnen mit einem Messer gegenübertrat und bestimmt von Haß gegen sie erfüllt war, in ihnen den gemeinsamen Entschluß ausgelöst.

Sie hatten gleichzeitig das tödliche Gift ausgeatmet, alle Zellen und alle Fasern hatten sich daran beteiligt. Aber in dem Augenblick, in dem sie auf diese Substanz verzichteten, vernichteten sie gleichzeitig mit dem Menschen auch sich.

Um den Mord ausführen zu können, mußten sie Selbstmord begehen: sie hatten diese Bedingung akzeptiert.

Sie hatten sich in Richter und Henker verwandelt: sie hatten die Schuldigen gerichtet, verurteilt und hingerichtet. Indem sie den Mord an Constanze bestraften, begingen sie weitere Morde: an Attilio und Ennio. Aber es war eine natürliche Strafe, eine natürliche Rache, die ihre Rechtfertigung in der Tatsache fand, daß die Pflanzen gleichzeitig auf ihr eigenes Leben verzichteten. Zuerst hatte der Farn das Gefäß gesprengt und sich geopfert, um

Attilio zu töten; dann hatten alle übrigen sich selbst vernichtet, um Ennio zu beseitigen.

Es war ein Akt der Liebe. Ein Mord aus Liebe. Ein Selbstmord aus Liebe.

Flavio ist von dem Anblick des Gewächshauses tief beeindruckt und will Constanze aus ihrem stummen Schauen reißen. »Was hältst du davon?« fragt er.

Constanze zwingt sich, eine vernünftige Erklärung zu finden, um ihre Rührung zu unterdrücken. »Die Experimente, die meine Großmutter und ich mit den Pflanzen im Gewächshaus unternommen haben, beweisen, durch die Morde an Attilio und Ennio und durch diesen Selbstmord, daß die Sensibilisierung ihrer Intelligenz und ihrer gefühlsmäßigen Reaktion ein sehr hohes Niveau erreicht hat. Ich würde sagen, daß dies einen ungeheuren Fortschritt auf wissenschaftlichem Gebiet bedeutet.«

Die Ermordung der beiden Männer, an der auch Flavio nicht zweifelt, beschäftigt Constanze; sie fühlt sich verantwortlich, daran beteiligt.

Attilios Tod hatte sie überrascht, verwirrt. Dafür trägt sie keine Verantwortung.

Aber sie hätte Ennios Tod verhindern können, wenn sie nach Hause zurückgekehrt wäre, ihn nicht ins Gewächshaus gelassen hätte.

»Ja, Flavio«, gesteht sie. Sie hat das Bedürfnis zu sprechen, ihr Herz zu erleichtern. »Ich fühle mich schuldig. Ich war davon überzeugt, daß Ennio die Pflanzen meiden würde. Ich war davon überzeugt, daß er vor ihnen Angst haben würde, daß ihm meine stummen Telefonanrufe auf die Nerven gehen würden und daß er schließlich das Haus verlassen würde. Statt dessen ...«

Sie kann nicht weitersprechen, setzt sich erschöpft hin, legt die Hände in den Schoß und läßt die Schultern hängen. Flavio tritt zu ihr, ergreift ihre Hand, drückt sie beruhigend. Constanzes Finger sind kalt.

»Hör zu, Constanze!« beginnt Flavio. »Du bist nicht schuldig. Ennio hat das Gewächshaus erst im letzten Augenblick betreten, als er schon entschlossen war abzureisen. Und er hat es aus einem erbärmlichen Grund betreten: er wollte deinen Schmuck mitnehmen. Er wußte genau, daß ihn seine Feinde im Gewächshaus erwarten: das beweist die Tatsache, daß er sich von Kopf bis Fuß vor ihnen geschützt hat. Du hattest also recht: er hat die Pflanzen gemieden und sich ihnen nur aus Besitzgier genähert.«

»Dennoch habe ich das Gefühl, eine Mörderin zu sein, genau wie die Pflanzen. Sie haben sich durch ihren Selbstmord rehabilitiert. Und welche Strafe gebührt mir, die lebendig, unversehrt, in Sicherheit neben dir sitzt?«

Flavio kann diese Selbstanklage nicht hinnehmen und auch nicht gutheißen. Er erinnert sie daran, daß die Pflanzen aus eigenem Antrieb gehandelt haben, nicht, um Constanzes Wunsch zu erfüllen.

»Indem du dich in Amadeus' Haus versteckt gehalten hast, hast du dich berechtigterweise geschützt. Du wußtest, daß sich in deinem Haus Wächter befinden, die imstande sind, deine Mörder zu erschrecken und in die Flucht zu jagen. Aber du wußtest nicht – und deshalb trifft dich keine Schuld –, daß die Pflanzen dieses hohe Intelligenzniveau erreicht hatten.«

»Nach Attilios Tod ahnte ich etwas Ähnliches.«

»Aber Ennio hat ganz allein sein Ende herbeigeführt. Nicht du. Er wußte genau, daß er sich in Gefahr begab, vor allem, als er das Gewächshaus mit einem Messer betrat.«

Constanze lehnt sich an die Lehne des Sofas, überlegt,

sieht Flavio in die Augen und fragt: »Bist du wirklich davon überzeugt, daß ich unschuldig bin, oder willst du mir nur helfen?«

»Du bist vollkommen unschuldig. Nein, du bist sogar das Opfer, genau wie die Pflanzen. Ihr seid alle die Opfer von Attilio und Ennio.«

Flavio, der die Ereignisse logisch und objektiv betrachtet und in überzeugendem Ton spricht, befreit Constanze von ihren Zweifeln. Sie fühlt sich bei Flavio geschützt und geborgen; er hat ihr seit seiner Ankunft ja stets zur Seite gestanden.

»Du bist so lieb zu mir«, sagt sie unbefangen.

Flavio möchte darauf eingehen, sein Geheimnis enthüllen, aber er findet, daß es nicht der richtige Augenblick ist: er hätte das Gefühl, daß er Constanzes Verwirrung und ihr Bedürfnis nach Liebe ausnützt. Deshalb erwidert er nur: »Ich habe dich sehr gern.«

Constanze steht auf und geht ins Gewächshaus. Sie tritt zu einem Farn und berührt eines der schlaff herunterhängenden, vertrockneten Blätter.

»Arme Pflanzen. Ihr habt für mich gelitten.«

Flavio bleibt im Wohnzimmer, um den Dialog zwischen Mensch und Pflanzen nicht zu stören, der jetzt zu einem Monolog geworden ist. Er beobachtet Constanze: ihre zierliche Gestalt in dem einfachen blauen Kleid hebt sich hell von den verkrümmten, dunklen Skeletten der zerstörten Vegetation ab. Er wartet lange, dann folgt er ihr leise.

Schließlich schlägt er vor: »Wenn du die Erinnerung an deine Pflanzen wachhalten willst, Constanze, kannst du etwas tun. Du kannst die Geschichte dieses Gewächshauses in einem Buch festhalten. Beginn mit Großmutter Adrianas wissenschaftlichen Experimenten, beschreibe die deinen, erzähle alles, was sich hier seit dem Abend des einundzwanzigsten März ereignet hat. Die Hauptpersonen des Buchs werden die Pflanzen sein, denn durch sie ist es zu diesen außergewöhnlichen Ereignissen gekommen.«

Constanze hebt den Kopf, streicht die Haare zurück und sieht Flavio an. Sein Rat gibt ihr Trost und stellt ihr gleichzeitig eine Aufgabe.

Sie wird alles erzählen. Sie wird die chemischen Elemente nennen, die sie der Erde und dem Wasser zugesetzt hat, die Nährlösungen beschreiben, die Wachstumsinjektionen in die Wurzeln, die elektrischen Geräte, die Anwendung von Elektroden, von Elektroschocks, kurz alle geglückten und auch die mißglückten Experimente zur Sensibilisierung. Damit wird sie der Botanik neue Wege weisen, und nicht nur der Botanik. Alle Zweige der Wissenschaft werden davon profitieren. Die Theorien über die Fähigkeiten der Pflanzen haben hier eine unwiderlegbare Bestätigung gefunden. Wie viele Energien und wie viele Möglichkeiten hält die Natur noch verborgen: Man muß sie entdecken, ans Licht holen, sie nutzen. Constanze ist davon überzeugt, daß sie Erfolg haben wird.

»Du siehst also«, bemerkt Flavio, »daß deine Pflanzen nicht vergeblich gestorben sind.«

»Außerdem kann ich sie in gewissem Sinn auf andere Weise auferstehen lassen: ich werde sie der Reihe nach durch neue Exemplare der gleichen Spezies ersetzen.« Sie tritt zu den Regalen und überblickt sie. »Ich werde die neuen Pflanzen genau an den Stellen unterbringen, an denen sich ihre Vorgänger befunden haben. Ich werde das Gewächshaus wieder so herstellen, wie es Großmutter geplant hatte: dann habe ich wieder meinen Garten unter dem Glasdach, meinen häuslichen Dschungel. Es werden neue Pflanzen sein, doch mit ihnen kann ich weitere Experimente durchführen, indem ich von den mir jetzt bekannten Tatsachen ausgehe.«

Flavio lächelt, weil sie wieder auflebt und es nicht mehr erwarten kann, sich an die Arbeit zu machen.

»Ich werde ganz schön zu tun haben. Zuerst muß ich die armen Dahingeschiedenen wegschaffen.«

»Ich helfe dir dabei, Constanze. Fangen wir gleich damit an!«

30. Kapitel

Die Gruppe der vegetabilischen Geschöpfe im Gewächshaus im Sektor IV/2/525 Terra hat seit vier Tagen die Sendungen eingestellt. Kein menschliches Wesen hatte die außergewöhnliche Aktivität dieser Pflanzen bemerkt; niemand hatte geahnt oder auch nur den Verdacht gehabt, daß sie Mittler für eine extraterrestrische Kommunikation waren.

Aber das goldfarbene UFO hatte auf seinen Routineflügen die Sendungen aufgezeichnet, die bis zu dem Augenblick fortgesetzt wurden, als der letzte Rest Kohlendioxid verbraucht war und die vegetabilischen Geschöpfe aufgehört hatten zu leben.

Das UFO hatte die von den hypersensibilisierten Pflanzen übermittelten Daten verarbeitet und die Ergebnisse dann über Mikrofrequenzen in alle Richtungen an die Kontrollstellen in der Galaxis ausgestrahlt.

Der Text lautet wie folgt:

BERICHT AUS DEM SONNENSYSTEM
Sektor IV/2/525 Terra

1. Psychisches Wahrnehmungsvermögen — Quotient 65/100
2. Rationales Denken — Quotient 60/100
3. Ethisches Bewußtsein — Quotient 43/100
4. Emotionales Bewußtsein — Quotient 91/100
5. Handlungsfähigkeit — Quotient 32/100

Festino -84-

Das UFO sandte Lichtschwingungen aus, die für die menschlichen Augen unsichtbar waren, weil in diesem Augenblick auf dem dritten Planeten, auf einem Punkt 44° 3′ 5″ nördlicher Breite und 9° 8′ 2″ östlicher Länge, der dem Gebiet von Montalto entspricht, der Stern um zwölf Uhr mittags am Zenit leuchtete.